# HELEN ANOLI

## Ich zaubere dir ein Lächeln ins Gesicht

AF210051

Geschichten aus dem Leben.

Auch bei uns hängt der Haussegen hin und wieder etwas schief.
Aber, wie sagt mein Mann öfters: „gerade weil wir uns so gut zanken können, lieben wir uns doch!"

HELEN ANOLI

# Ich zaubere dir ein Lächeln ins Gesicht

Geschichten aus dem Leben

Bibliografische Information der Deutschen Nationalbibliothek:
Die Deutsche Nationalbibliothek verzeichnet diese Publikation
in der Deutschen Nationalbibliografie, detaillierte
bibliografische Daten sind im Internet über
http://www.dnb.dnb.de abrufbar:

ISBN: 978-3-8370-5616-7

# INHALT

SCHATZ, wir brauchen ein NAVI!

Ja, wir sind sieben mal umgezogen!
An unseren jeweiligen Wohnorten im Rheinland, in Hessen, in Nordrhein-Westfalen und in Niedersachsen haben wir wunderschöne Landschaften kennengelernt. Und nicht nur schöne Gegenden lernten wir, meistens bei unseren an den Wochenenden stattfindenden Ausflügen, kennen.
Im Rheinland war es der Rhein der uns besonders anzog und faszinierte und in Hessen waren es die herrlichen Wälder und die lieblichen Landschaften mit ihren kleinen, verträumten Orten, die uns begeisterten. Ja, auch sehr liebenswerte und nette Leute sind uns begegnet, aus denen echte Freundschaften entstanden sind.
Leider verbleibt es aber, sie alle öfters mal zu besuchen. Oft liegt es am Zeitmangel, oder die Entfernung ist zu groß, um schnell mal einen Besuch zu machen.
Lange, genau zehn Jahre ist es her, als wir unsere Freunde in der Pfalz besucht haben. Damals feierte unser Freund seinen fünfzigsten Geburtstag. In diesem Jahr stand der sechzigste Geburtstag vor der Tür.
Wie doch die Zeit vergeht!
Sind wirklich seit der Feier schon zehn Jahre vergangen?
Uns kommt es vor, als wenn es erst gestern war.

Als wir die Einladung von ihnen erhielten, stellten wir fest, dass der Termin für uns sehr günstig war.

Er ließ sich wunderbar mit unserem Winterurlaub am Tegernsee verbinden. Mein Schatz, ein ausgesprochen guter und leidenschaftlicher Skifahrer, kann dort seinem geliebten Hobby nachgehen. Ich war nie eine gute Skifahrerin und hatte diesen Sport schon längst an den Nagel gehängt und ging, während er sich auf den Hängen tummelte, lieber spazieren. Die Gegend am Tegernsee war für uns beide der ideale Urlaubsort, denn gleich hinter dem See türmten sich die hohen Berge, ein wahres Skiparadies, auf.

Gleich morgens nach dem Frühstück, schwang er sich eilig in seinen Skianzug, schnappte sich seine Ski, stieg ins Auto und brauste los. Bis zum Skigebiet war es mit dem Auto nicht weit. Ich blieb meistens noch ein Weilchen im gemütlichen Frühstücksraum sitzen und unterhielt mich, während ich noch ganz in Ruhe und genüsslich den letzten Schluck Kaffee trank, mit netten Gästen. Danach trödelte ich noch ein wenig in unserem Zimmer herum, las in einem Buch oder in einer Illustrierten. Meistens gegen elf Uhr zog es dann auch mich nach draußen in die herrliche frische Winterluft. Dazu schlüpfte ich schnell in meinen warmen, hellblauen Daunenmantel und zog die gefütterten Winterstiefel an.

Die herrlichsten Spaziergänge lagen vor mir. Erst so gegen zwei Uhr, wenn mein Liebster gut gelaunt wieder zurück war, trudelte auch ich wieder im Hotel ein. Nachdem wir uns dann ein wenig gestärkt hatten, ging es gemeinsam wieder nach draußen. Oft spazierten wir dann wieder zum See oder setzten uns kurz entschlossen ins Auto und erreichten nach kurzer Fahrt eine wunderschöne Gegend. Hier war alles tief verschneit. An den

Spazierwegen türmte sich an beiden Seiten der Schnee manchmal Meter hoch auf. Besonders gut gefiel uns ein Weg, hoch oben in den Bergen, der an einem Bach entlang führte. Wenn dann, bei unseren Spaziergängen die Sonne durch die dick verschneiten Äste lugte und neben uns der Bach mit seinen dicken Schneepolstern leise gluckerte, wir hin und wieder schon ein erstes kleines Blümchen unter dem Schnee entdecken konnten, das sich durch die warmen Strahlen der Sonne schon hervorgewagt hatte, waren wir einfach glücklich, dieses zusammen erleben und genießen zu können.

Zurück blickend hatten wir in diesem Jahr mal wieder richtig Glück mit dem Wetter gehabt. Es war zwar kalt, aber der unangenehme, eisig kalte Nordwind, der in der Woche vor unserem Urlaub über das Tal hinweggefegt war, hatte sich jetzt vollkommen gelegt. Das ganze Tal lag unter einer dicken, weißen Schneedecke. Dazu schien die Sonne von einem tiefblauen Himmel. Es sah bezaubernd und einfach märchenhaft aus!
Bei meinen morgendlichen Spaziergängen am Ufer des Sees entlang, war der Blick auf den wunderschönen See, mit den dahinter liegenden hohen, schneebedeckten Bergen, jeden Morgen wieder ein Erlebnis. Überall funkelte und glitzerte es wie von tausend Diamanten, wenn die Strahlen der Sonne auf den Schnee fielen. Schon im Februar war es an windgeschützten Stellen angenehmen warm.
Viele Bänke, die am Wegesrand des Ufers standen, luden zum Verweilen ein. Mein absoluter Lieblingsplatz war eine Bank an einem Bootshaus, die auf einem langen Steg, der weit in den See ragte,

stand. Von hier hatte ich einen grandiosen Blick über den ganzen See, um den sich die einzelnen Ortschaften gruppierten und auf die dahinter majestätisch aufragenden Berge, auf denen sich mein Schatz gerade beim Skifahren vergnügte. Vor mir, ganz in der Nähe des Ufers, sah ich den Enten zu, die übermütig im seichten Wasser des Sees schwammen und in Anbetracht des nahenden Frühlings zu turteln angefangen hatten. Obwohl alles noch dick verschneit war, konnte man hier deutlich spüren, dass der Frühling nicht mehr weit war. Aber auch, wenn das Wetter mal nicht so gut war und die Sonne sich nicht zeigen wollte, es sogar zu schneien begonnen hatte, konnte uns das nicht davon abhalten, nach draußen zu gehen. Wir liebten die Spaziergänge in der schönen Natur viel zu sehr, um sie uns von irgendwelchen Wetterkapriolen verderben zu lassen. Jeder Spaziergang war immer wieder ein tolles Erlebnis.

Der Tag der Abreise war gekommen.
Um an dem Geburtstag unseres Freundes teilnehmen zu können, brauchten wir nur einen Tag früher von zu Hause abreisen. Den Umweg über die Pfalz wollten wir gerne in Kauf nehmen. Ganz entspannt und gemütlich machten wir uns am Morgen, gegen elf Uhr, auf den Weg. Warum sollten wir hetzen, die Feier fing erst am frühen Abend um sechs Uhr an. Wir nahmen an, dass wir trotz des Winterwetters, ungefähr fünf Stunden für die Fahrt benötigten.
Wir freuten uns schon mächtig unsere Freunde nach so langer Zeit wieder zu sehen. Auch auf das Wiedersehen mit Vroni, die eigentlich Birgit heißt und ebenfalls wie Johann und Christine eine

frühere Arbeitskollegin von meinem Schatz war, waren wir sehr gespannt. Vroni hatte damals den Bruder von Johann kennen und lieben gelernt und war mit ihm verheiratet und hatte inzwischen schon zwei große Söhne.

Als wir uns alle, vor langer Zeit in Hessen kennen lernten, waren wir noch sehr jung. Weit über dreißig Jahre ist das nun schon her. Unsere beiden Kinder waren noch nicht erwachsen. Unser großer Sohn war damals zwölf Jahre und der kleine sechs. Christine und Johann waren frisch verheiratet und Vroni, die Jüngste, noch ledig.
Damals kam eine neue Sportart auf, die heute schon weit verbreitet ist, das Windsurfen. Alle waren begeistert von diesem Sport und wollten es natürlich sofort erlernen.
Gemeinsam wurde ein Surfkurs belegt, der allen viel Spaß machte und bei dem es viel zu Lachen gab, wenn in der Anfangsphase des Kurses der eine oder andere doch mehr im Wasser lag, als auf dem Brett stand. Bei den Könnern sah es doch so leicht aus, aber man brauchte schon ein wenig Übung, um dann elegant auf dem Brett über den See zu düsen. Sportlich waren alle. Fast alle waren gute Skiläufer, deshalb lernten sie es relativ schnell und hielten bald ihre Surfscheine in den Händen.
Nun mussten unbedingt eigene Surfbretter her. Johann und Vroni waren die ersten, die sich stolze Besitzer eines eigenen Brettes nennen konnten. Bei uns dagegen, dauerte die Anschaffung eines eigenen Surfbretts noch ein wenig länger. Doch, als es dann auch bei uns so weit war, dass wir uns ein eigenes Brett leisten konnten, gab es kein Halten mehr. Total begeistert von dem Sport, zog

es meinen Liebsten bei jedem Wetter, wenn es draußen noch so ungemütlich kalt und regnerisch war an den See, um seinem neuen Hobby zu frönen. Ich saß derweil strickend in unserem Auto. Für diesen Sport konnte ich mich nicht begeistern, aber alleine zu Hause sitzen wollte ich auch nicht, ich fuhr mit und strickte.

Ja, aber die meiste Zeit, fast jedes Wochenende, trafen wir uns mit unseren Freunden am See. Die Wetterlage spielte meistens keine Rolle, die Hauptsache war ja, dass der Wind ordentlich blies, damit das Surfen so richtig Spaß machte. War es jedoch zu kalt, lag ich dick eingemummt in einer Wolldecke am Ufer des Sees in einem Liegestuhl und sah dem munteren Treiben zu. Schon am frühen Morgen, gleich nach dem Frühstück, wurden die Badesachen, Decken und eine Liege für mich, damit ich es etwas bequemer hatte, ins Auto gepackt. Dazu kam ein großer Korb mit Verpflegung.

Wir verstanden uns alle ausgezeichnet und hatten immer viel Spaß. Besonders lustig wurde es, wenn ein Neuling dazu kam. Meistens auch ein Arbeitskollege, der nicht ganz so sportlich war und noch nie auf einem Surfbrett gestanden hatte und bei seinen Versuchen laufend ins Wasser viel, denn das Stehen auf dem wackeligen Brett war ja nicht so einfach. Dann gab es immer ein Mords Gaudi.

An einem besonders schönen Tag im Sommer wurden alle Surfbretter getauft.

Birgits Surfbrett bekam den Namen „Vroni," und Johanns den Namen, „ Toni!"

Das musste natürlich kräftig gefeiert und mit Sekt begossen werden.

War das Wetter zu schlecht, um den Tag am See zu verbringen, besuchten wir uns gegenseitig, oder wir gingen zusammen aus. An die Weinprobe bei Johann und Christine, oder an die feucht, fröhliche Einweihungsfeier der neuen Wohnung, bei Johanns Schwester, denken wir noch heute gerne zurück. Es war eine tolle Zeit!

Leider ging sie viel zu schnell zu Ende.
Kaum war ein Jahr vergangen, wurden die ersten Arbeitskollegen, sehr lieb gewonnene und nette Freunde, schon wieder versetzt und mussten leider in eine andere Stadt ziehen.
Wir wollten eigentlich dort wohnen bleiben und hatten uns, da unsere Wohnung für uns und unsere heranwachsenden Söhne zu klein wurde, ein kleines Grundstück mit einem Bungalow gekauft. Aber, wie das Schicksal es so wollte, als wir gerade zwei Jahre in unserem Haus wohnten, kam auch für meinen Schatz die Versetzung, die auch für uns einen Umzug in eine andere Stadt, unumgänglich machte.

Heute also ging es in die Pfalz, zum sechzigsten Geburtstag. Ach ja, ich sollte noch erwähnen, dass wir nach sieben Umzügen, in einer Kleinstadt, in der Nähe von Hannover gelandet sind und nun schon viele Jahre dort wohnen.

Es war Ende Februar und dickster Winter, der mit großer Kälte und viel Schnee einher ging. Nachdem alles eingepackt war konnte es losgehen. Ich hatte es mir im Auto so richtig gemütlich gemacht, lehnte entspannt in meinem Sitz und ließ die verschneite Landschaft genüsslich an mir vorbeiziehen. Ich liebte es ja, mit meinem Schatz durch die Gegend zu fahren. Hier im Auto war es zudem gemütlich warm, da konnte mir die Kälte nicht viel anhaben. Als wir in Höhe des Harzes kamen, wurde das Schneetreiben, dass uns schon während der ganzen Fahrt begleitet hatte, heftiger. Aber es gab, auf Grund der Wetterverhältnisse, keine Behinderungen. Die Straßen waren frei und wir konnten unsere Fahrt ungehindert und wie geplant fortsetzen.

Nachdem wir den Harz hinter uns gelassen hatten und uns Kassel näherten, schneite es nur noch wenig und auf den, an uns vorbeisausenden Feldern und Ortschaften lag nur noch ein Hauch von Schnee.

Wir kamen zügig voran und waren guten Mutes! Wenn die Fahrt weiter so, wie bisher, verlaufen würde, könnten wir sogar noch früher in dem kleinen Weindorf ankommen. Das wäre natürlich super.

Alles lief wie geschmiert!

Hinter Kassel gönnten wir uns eine kleine Pause, aßen unsere Brote, die ich schon zu Hause belegt hatte, genossen den warmen Ingwertee, den wir in einer Thermoskanne mitgenommen hatten, um dann frisch gestärkt und froh gelaunt unsere Fahrt fort zu setzten. Bevor wir wieder ins Auto stiegen, warfen wir noch schnell einen Blick auf die Karte. Bald musste die Kreuzung kommen, an der wir die Fahrtrichtung wechseln mussten, um in Richtung Frankfurt weiterzufahren.

Mein Liebster, der alles im Griff hatte, hatte sich vor unserer Abfahrt von zu Hause, auf einem Zettel die wichtigsten Dinge notiert, damit auch bloß nichts schief laufen konnte. Wir näherten uns dem Autobahnkreuz und schauten beide sehr konzentriert auf die Schilder, die uns den Weg, den wir nun einschlagen mussten, zeigten. Wir passten höllisch auf, damit wir auch bloß keinen Fehler machten, das ging ja manchmal schneller als man dachte. Nur ein kurzer, unaufmerksamer Augenblick und schon war man dort, wo man ja nun absolut nicht hin wollte. Das kostete unnötige Zeit. Heute durften wir keinen Fehler mache!

Genau im richtigen Moment ordneten wir uns auf der entsprechenden Fahrbahn ein. Auch ich hatte gesehen, das alles richtig war und lehnte mich wieder in meinen Sitz zurück und entspannte mich. Alles ist gut!

Dachte ich!

Doch plötzlich wurde mein Schatz neben mir etwas unruhig.

„Ich glaube wir sind falsch", meinte er ungläubig?

Angespannt sah er auf die Hinweisschilder, die auf der Autobahn an uns vorbeizogen.

„Wir fahren in die verkehrte Richtung!", rief er aufgeregt.

„Wir sind auf der Autobahn die nach München führt!"

„Das kann nicht sein", entgegnete ich.

„Ich habe gesehen, dass du dich richtig eingeordnet hast."

„Bestimmt vertust du dich!"

„Natürlich habe ich mich richtig eingeordnet, aber trotzdem sind wir verkehrt!"

Mein sonst so besonnener Ehegatte, den nichts so schnell aus der Ruhe bringen konnte, wurde etwas hektisch.

„Quatsch, das glaube ich nicht!", widersprach ich.

17

„Doch, hol doch mal schnell die Karte raus, damit wir feststellen können, wo wir uns befinden", bat er mich.

Eilig holte ich das Heft hervor, in dem sich die Karte befand, blätterte es schnell durch, bis ich das richtige Seite vor mir hatte.

Ja, an den Orten, die auf den Hinweisschildern standen und die er mir, mit aufgeregter Stimme zuraunte, mein blättern in den Karten ging ihm viel zu langsam, sahen wir, dass wir tatsächlich falsch waren.

„Wie kam denn das?"

Wir hatten doch wirklich nichts verkehrt gemacht, das wussten wir beide haargenau!

„So ein Mist, was machen wir denn jetzt?", wollte ich von ihm wissen!

Beide konnten wir uns im Moment keinen Reim darauf machen und uns schon gar nicht erklären, wie das überhaupt passieren konnte.

„Am besten wir kehren um", schlug ich vor.

„Dafür brauchen wir aber eine Abfahrt und das kann dauern bis die kommt", schimpfte es neben mir.

An der nächsten Raststätte hielten wir an, schauten noch mal genau in die Karte und stellten fest, dass wir schon ziemlich weit gefahren waren. Wie es schien, war es doch besser für uns, auf der Autobahn weiter zu fahren, um dann, an dem nächsten Autobahnkreuz in Fulda, die Richtung nach Frankfurt zu wechseln. Langsam beruhigten wir uns.

„Na ja, das konnte ja mal passieren!", dann sind wir eben etwas später da!"

Heute wollte ich ruhig bleiben und mich unter keinen Umständen aufregen!

Allerdings, die Situation war uns doch recht schleierhaft.

Wir nutzten die kleine Pause, um uns zu lockern. Liefen ein paar mal hin und her, begaben uns wieder ins Auto, und die Fahrt konnte weitergehen. Wir hatten das Radio wieder eingeschaltet, um den Verkehrsfunk zu hören. Kurz nach dem wir losgefahren waren und uns wieder auf der Autobahn befanden, kam eine Durchsage. Ein Lastwagen war, genau an der Autobahnkreuzung, an der wir die Fahrtrichtung wechseln mussten, umgekippt. Kurz bevor wir dort ankamen musste es passiert sein. Der gesamte Verkehr wurde deshalb über Fulda umgeleitet.
Uns ging ein Licht auf!
Wir hatten nichts verkehrt gemacht!
Wären wir umgekehrt, ständen wir jetzt in dem dicksten Stau!
Wer weiß, wann die Sperrung der Autobahn wieder aufgehoben wurde. Das konnte manchmal, wie wir aus Erfahrung wussten, Stunden dauern. Erleichtert und guten Mutes setzten wir unsere Fahrt fort.
Aber, ärgerlich war es schon, durch diese Umleitung verloren wir viel Zeit!
Im Radio, das jetzt ständig lief, hörten wir nun laufend den Verkehrsfunk, der Auskunft und Empfehlungen gab, worauf man achten sollte, um in Fulda auf die Autobahn, Richtung Frankfurt, zu kommen. Auch dort gab es, wegen einer Baustelle, Umleitungen.
Alles klappte gut!
Erleichtert atmete ich auf, als wir schließlich auf der richtigen Fährte waren. Jetzt kamen wir allerdings nur sehr langsam voran. Es hatte angefangen

zu schneien. Ein bisschen Schnee war nicht die Welt, aber was uns erwartete, war ein sehr heftiges Schneegestöber. Es musste hier schon seit längerer Zeit geschneit haben, denn auf der Fahrbahn lag eine dicke Schneeschicht, die beim Fahren absolute Vorsicht gebot. Weit und breit kein Räumfahrzeug! Nur sehr langsam konnten wir uns vorwärts bewegen. Der Scheibenwischer, der eigentlich schon auf der ganzen Fahrt, mal mehr oder weniger in Betrieb war, ratschte kräftig über die Scheiben und hatte große Mühe, der Massen an Schnee, die nicht nur von oben kamen, sondern auch von den vor uns fahrenden Autos, mit Wucht an die Scheiben geklatscht wurden, Herr zu werden.

Laufend musste mein Schatz per Knopfdruck, diese ekelhaft nach Chemie stinkende Flüssigkeit an die Scheiben spritzen.

Aber, es musste sein!

Die Scheiben waren von dem Schneematsch so verschmiert, wir brauchten unbedingt freie Sicht, um heile ans Ziel zu gelangen. Es war schon anstrengend, so hatten wir uns die Fahrt nicht vorgestellt!

Endlich kamen wir in die Nähe von Frankfurt!

Das Schneegestöber ließ etwas nach, wurde immer weniger und hörte schließlich auf. Wir konnten wieder zügiger fahren, mussten hier aber wieder aufpassen, damit wir nicht von unserem Wege, der uns durch das extrem schlechte Wetter viel Zeit gekostet hatte, abkamen. Als wir dann endlich um Frankfurt herum waren und uns auf der Autobahn, die uns ans Ziel bringen sollte, befanden, merkte ich schon, dass ich nicht mehr so taufrisch war. Ich wurde langsam müde und auch ein wenig unruhig.

„Bloß jetzt nicht nervös werden", ermahnte ich mich innerlich, „sonst kannst du die Feier heute Abend vergessen!"

Ich versuchte es mir im Auto, so gut es ging bequem zu machen, dass sitzen viel mir langsam schwer. Mein Liebster neben mir, ließ sich aber auch nicht in geringster Weise anmerken, dass er Müdigkeit oder ähnliches spürte.

„Bald sind wir da", versuchte er mich aufzumuntern!

Ihm war nicht entgangen, dass ich mich unruhig auf meinem Sitz hin und her schob und dabei einige Töne von Unmut von mir gab.

Ja, langsam sehnte ich mich nach dem Ziel, ich konnte nicht mehr sitzen!

„Was meinst du, können wir eine kleine Pause einlegen? Wir könnten einen Kaffee trinken, das würde dir bestimmt auch gut tun", machte ich ihm den Vorschlag.

„Gleich kommt eine Raststätte, dort könnten wir halten und uns auch die Beine ein wenig vertreten!"

Bittend sah ich ihn von der Seite an.

„Ja, ich bin zwar nicht müde", meinte er, „aber einen Kaffee könnte ich auch vertragen."

Wir hielten an der Raststätte.

„Mensch tat das gut!"

Erst beim Aussteigen merkte ich, wie steif ich doch geworden war.

Nachdem wir unseren Kaffee getrunken und uns ein wenig gelockert haben, viel Zeit hatten wir uns nicht dafür genommen, denn wir wähnten uns schon bald am Ziel, wurde die Fahrt fortgesetzt.

Essen wollten wir natürlich auch nichts, schließlich gab es ja bald ein gutes Abendessen.

Auf der zurückliegenden Strecke waren wir, ohne das ständige Schneetreiben, zügiger voran gekommen und wir wussten, dass bald die Abzweigung, zu dem letzten Stück Autobahn kommen musste.
Entspannt setzte ich mich ins Auto. Die Karte lag wieder auf meinem Schoß. Ich hatte schon einige Male, bevor wir Pause gemacht hatten, auf den Ort, an dem wir abfahren mussten, hingewiesen und erinnerte noch mal daran, damit wir auch bloß nicht die Abfahrt verpassten. Ich glaubte jedoch, dass wir uns im Moment noch ein gutes Stück von der Stelle, an der sich die Autobahn teilte, entfernt waren. In gut einer halben Stunde, rechneten wir, würden wir in dem kleinen Weindorf, in dem ein Zimmer, in einem kleinen Hotel auf uns wartete, ankommen. Innerlich freute ich mich schon darauf es mir dort, bevor die Feier begann, noch etwas bequem zu machen, um mich von der Fahrt, die ja doch anstrengender war als ich gedacht hatte, auszuruhen.
Na ja, es war bald halb fünf, wir hatten ganz schön Zeit verloren.

Wir brausten los!
Mein Chauffeur trat ordentlich aufs Gaspedal, jetzt hatten wir es eilig. Die Autobahn war auch einigermassen leer, da konnte man ja mal etwas schneller fahren.
Kaum waren wir losgefahren, so kam es mir jedenfalls vor, als es neben mir tönte.

„Ich habe eben ein Schild gelesen, dort stand der Ort drauf, den du mir gesagt hattest, dort mussten wir doch abfahren?"

Fragend schaute er mich flüchtig an.

„Sieh doch mal in die Karte!", rief er aufgeregt und brauste, mit unverminderter Geschwindigkeit weiter.

„Das kann doch nicht sein, bis zu der Abfahrt ist es noch ein ganzes Stück", versuchte ich ihn zu beruhigen.

So schnell hatte ich nun wirklich nicht mit der Abfahrt gerechnet. Ich war noch dabei es mir bequem zu machen und hatte nicht auf die Schilder geachtet.

Angestrengt schaute ich in die Karte, während ich auf die Namen der Orte hörte, die mir, mein nicht mehr ganz so ruhiger Angetrauter, ansagte.

„Ich kann nichts finden, diese Karte ist einfach zu klein", sagte ich gereizt, warum haben wir denn nicht wenigstens eine ordentliche Karte, dann könnte ich dir jetzt auch  genau sagen, wo wir uns befinden!"

Ich war ärgerlich.

„Die Karte ist ordentlich", schimpfte  es neben mir, „du musst nur richtig gucken!"

„Wie denn, wenn ich diese blöde Karte dauernd umblättern muss!"

Jetzt war ich richtig sauer. Obwohl ich mir heute fest vorgenommen hatte, ruhig zu bleiben, kam doch ein  gewisser Frust in mir hoch.

Wir entschlossen uns, bei der nächsten Möglichkeit von der Autobahn abzufahren, damit wir feststellen konnten, wo wir uns nun schon wieder befanden.

Ja, die richtige Abfahrt hatten wir verpasst!

Wir waren schon viel zu weit gefahren, sodass sich ein umkehren nicht mehr lohnte. Wie es aussah, waren wir schon in Ludwigshafen gelandet.

„Am besten, wir durchqueren die Stadt, um dann nach Neustadt zu gelangen. Wenn wir erst mal in Neustadt sind, ist es nur noch ein Klacks", einigten wir uns.

Wir versuchten unser Glück. Stellten aber schon bald fest, dass man ohne Kenntnisse in einer fremden Stadt und natürlich ohne Navi ganz schön aufgeschmissen war. Mein Schatz war ja bisher der Meinung gewesen, auch ohne dem neumodischen Kram zurecht zu kommen. Bisher hatte das doch immer gut funktioniert!

Leider, sahen wir auch auf unserer Fahrt durch die Stadt keine Schilder, die uns den Weg hätten zeigen können. Wir glaubten schon, die richtige Richtung nie zu finden und wollten wieder ganz zurückfahren. Entmutigt fuhren wir in eine Seitenstraße und hielt auf einem Parkplatz.

Ratlos sahen wir uns an!

Was nun?

Dort, in nicht allzu weiter Entfernung erblickten wir eine Tankstelle. Dort konnten wir uns Rat holen.

Gesagt, getan.

Ich blieb im Auto sitzen und streckte mich, so gut es ging aus, während mein Gatte ausstieg und rüber zur Tankstelle lief. Von dem vielen sitzen war ich total steif und alle Glieder taten mir weh. Sechs Stunden waren wir schon unterwegs. Nur wenige, sehr kurze Pausen hatten wir uns gegönnt, wir wollten uns lieber vor Ort ausruhen.

Nun saß ich hier und wer weiß wann wir ankommen würden!

„Egal, ich wollte unbedingt locker bleiben, auch wenn es mir im Moment sehr schwer viel", ermahnte ich mich."

Ganz gemütlich, als wenn er alle Zeit der Welt hätte, kam mein Ehegatte zurückgeschlendert und schwenkte dabei seinen Autoschlüssel, den er lässig in der Hand hielt, lustig hin und her. Dabei griente er über das ganze Gesicht. Tat doch tatsächlich so, als wenn wir gerade erst mal so eine gute Stunde unterwegs wären.

Der hat Nerven!

Beim Auto angelangt schwang er sich gut gelaunt auf seinen Sitz und meinte fröhlich.

„Wir sind auf dem richtigen Weg!"

„Einmal links und einmal rechts und dann immer geradeaus, bis wir nach Neustadt kommen."

„Alles wird gut Liebling", versuchte er mich aufzumuntern, als er meinen skeptischen Blick sah.

Ich schöpfte Hoffnung!

Wir fuhren los.

Der Weg führte quer durch Ludwigshafen. Wir kamen an eine sehr hohe, sehr breite und lange Brücke, die über den Rhein führte und waren uns einig, ohne die Auskunft an der Tankstelle, hätten wir das nie gefunden.

Da hatten wir ja noch mal mächtig Glück gehabt!

Ich übte mich wieder in Geduld.

Es dauerte auch nicht lange, bis wir Neustadt erreichten. Nun mussten wir aber noch mal ganz genau auf der Hut sein und waren sehr froh, als wir endlich in dem kleinen Weindorf, mit seinen winzigen, total verwinkelten Gassen, die kreuz und quer liefen, ankamen.

Wir fanden unsere Unterkunft nicht auf Anhieb, erst nach einigem Suchen und langem hin- und her gekurve durch den ganzen Ort. Wir mussten zwei mal nach dem richtigen Weg fragen, dann hatten wir es geschafft und standen endlich glücklich und sehr erleichtert, aber doch ein wenig gestresst vor dem Hotel. Um vier Uhr wollten wir hier sein, jetzt war es fast sechs.

Mit uns kamen mehrere Gäste an.

An der Rezeption stellten wir fest, dass mit uns ein Ehepaar eingetroffen war, das ebenfalls zur Feier unseres Freundes eingeladen war. Sie hatten, im Gegensatz zu uns, nur eine kurze Anreise und beabsichtigten gleich zur Grillhütte, in der die Feier stattfand, weiterzufahren.

„Wir kommen ein wenig später, wir müssen uns vorher noch ein wenig entspannen und ausruhen", bemerkten wir, als wir gemeinsam vor dem Empfang standen um unsere Zimmerschlüssel entgegen zu nehmen.

Nachdem wir unseren kleinen Reisekoffer mit den Übernachtungssachen und einigen anderen Kleidungsstücken im Zimmer untergebracht hatten, legte ich mich erst mal lang aufs Bett.

Das tat gut!

Ich war vollkommen verspannt und hatte vom Autofahren erst mal die Nase gestrichen voll. Mein Schatz hatte es sich ebenfalls auf dem Bett bequem gemacht. Die Betten waren gut, stellten wir fest, die Matratzen waren auch in Ordnung. Ich schloss die Augen, ließ mich so richtig in die Matratze sinken und versuchte an nichts zu denken. Das gelang mir allerdings nur für sehr kurze Zeit, ich war noch viel zu angespannt und aufgewühlt.

„War das eine Fahrt", ging es mir durch den Kopf.

Ich war heilfroh, dass wir doch noch gut und wohlbehalten hier angekommen waren.

Nach kurzer Zeit der Entspannung öffnete ich die Augen, blickte zum Fenster und stellte fest, dass schräg gegenüber von unserem Hotel, ganz in der Nähe, an einer Anhöhe gelegen, eine große Kirche stand.
„Hast du die Kirche gesehen?"
Auf meine Frage machte er seine Augen auf und sah zum Fenster.
Er wusste, worauf meine Frage hinauslief. Wenn wir uns eine Unterkunft suchten, achteten wir immer darauf, dass in der Nähe keine Kirche war.
„Mach dir keine Gedanken", beruhigte er mich dann auch sogleich, in der Nacht werden die Kirchenglocken abgestellt!"
Ich war zufrieden, war ja sowieso nicht zu ändern.

Ganz allmählich standen wir auf, machten uns in dem kleinen Bad frisch, zogen neue Sachen an und bereiteten uns ganz gemütlich auf die Geburtstags-Party vor. Kämmen brauchte ich mich nicht, meine Frisur saß noch gut. Ich hatte mir heute Morgen richtig Mühe damit gegeben.
Prima, es konnte losgehen. Trotz der langen und anstrengenden Fahrt waren wir in Feierlaune und schon sehr gespannt auf unsere Freunde. An der Rezeption hatten wir uns noch genau nach der Grillhütte, die hier in der Nähe sein sollte, er-kundigt. Als wir zum Auto runter kamen, merkten wir, dass es draußen bitterkalt war. Eisige Luft schlug uns entgegen. Schnell ging ich noch mal nach oben, um mir meine dick gefütterten Schuhe anzuziehen. Vor den Hotels war der Schnee ent-

fernt worden, aber im Wald, wo die Hütte sein sollte, lag bestimmt eine Menge Schnee. Gut, dass wir unsere Betten mit hatten! So nennen wir unsere mit Daunen gefütterte Mäntel, die wir schon seit vielen Jahren besitzen und die uns, wenn wir zum Wintersport fuhren, immer gute Dienste geleistet hatten, denn sie sind mollig warm.

Ich setzte mich zu meinem Schatz ins Auto. Er ließ den Motor an und fuhr los. Als wir heute, am frühen Abend am Hotel ankamen, war es noch hell, inzwischen war es  dunkel geworden.
Wir fuhren vom Parkplatz, bogen an der nächsten Straße links ab und dann wieder links, um auf die Kreisstraße zu kommen, wie der junge Mann an der Rezeption uns geraten hatte. Ich weiß nicht wie, aber im nu hatten wir uns  total verfranzt.
„Wie kommen wir denn jetzt hier raus?"
Irritiert sahen wir uns um, während wir durch die kleinen Gassen fuhren. Plötzlich standen wir wieder vor dem uralten Gebäude aus dem Mittelalter, in dem sich unser Hotel befand.
„Vielleicht bist du eben nicht zwei mal links gefahren", bemerkte ich zaghaft um ihn bloß nicht zu kritisieren.
„Natürlich, ich weiß doch wo links ist", bekam ich zu hören.
Also, noch mal das ganze von vorne!
Er fuhr vom Parkplatz runter und bog links ab und danach ein zweites mal links und prompt waren wieder total verkehrt.
„Das ist ja hier ein richtiger Irrgarten!", stöhnte ich, während mein Liebster wieder versuchte, sich in den kleinen Gassen zurechtzufinden. Ganz so ruhig war er doch nicht mehr, ich hatte das Gefühl,

als wollte er möglichst schnell zur Feier. Bestimmt war er zu schnell gewesen und hatte sich deshalb wieder vertan. Klar, es war bald sieben, um sechs Uhr hatte die Party begonnen, wir wollten ja nicht ganz so unpünktlich sein. Außerdem machte sich bei uns beiden der leere Magen ganz schön bemerkbar. Besonders ich war davon ganz besonders betroffen, mir war schon ganz flau im Kopf und mein Magen krampfte ein wenig.

Nach einigem hin und her fanden wir dann doch irgendwie aus dem Ort heraus und landeten auf einer breiteren Straße.

Das musste die Umgehungsstraße sein, vermuteten wir. Um nichts verkehrt zu machen erkundigten wir uns bei einem Ehepaar, dass uns zufällig entgegen kam, wo es zu der Grillhütte ging.

„Immer gerade aus bis sie ein Schild sehen auf dem der Weg zur Grillhütte ausgewiesen ist!"

Wir bedankten uns bei dem netten Paar und brausten weiter. Jetzt konnte nichts mehr schief gehen!

Die Straße lag an einer Anhöhe und führte in einem großen Bogen um den Ort herum direkt in den Wald. Nun ging es stetig bergan. Wir fuhren nicht so schnell und sahen während der Fahrt angestrengt nach rechts und links, immer auf der Suche nach dem Schild, das uns zur Grillhütte bringen sollte. Plötzlich tauchten aus dem Dunkel, auf der linken Seite der Straße, Lichter auf. Beim Näherkommen sahen wir, dass dort ein nicht allzu schmaler Weg in den Wald führte. Erleichtert atmeten wir durch.

„Wir hatten es gefunden!"

Langsam fuhren wir über die Straße und bogen in den Waldweg ein. Am Rande der Straße standen zwei Kinder mit Fackeln in der Hand.

„Das ist aber nett", dachte ich im Stillen, „eine tolle Idee von unserem Freund!"

Bei der Dunkelheit hier im Walde war es aber auch nicht einfach die Schilder zu lesen, geschweige sie überhaupt zu finden. Wir ließen schnell die Seitenscheibe runter und sprachen die Kinder an.

„Sind wir hier richtig", erkundigte sich meine bessere Hälfte freundlich bei den Kindern?

„Wir möchten zur Geburtstagsparty", dabei nannte er den Namen unseres Freundes.

„ Den Namen kennen wir nicht, unser Papa feiert hier seinen fünfzigsten Geburtstag," sagten die Beiden freundlich und zeigten in den Wald hinein, wo man in der Ferne eine Hütte sah.

„Ist dort, wo euer Papa feiert, auch eine Grillhütte", wollten wir von ihnen wissen.

„Wir möchten nämlich ebenfalls zu einer Geburtstagsfeier!"

„Die Grillhütte ist hier nicht, da müssen sie noch ein ganzes Stück bergauf fahren", klärten sie uns auf. Es schien so, als würden sie sich hier gut auskennen. Während sie sprachen schwenkten sie ihre Fackeln hin und her, damit auch jeder, der zu ihrer Feier kommen wollte, den dunklen Weg in den Wald finden konnte. Man sah, dass es ihnen großen Spaß machte.

„Dort oben ist aber die Straße gesperrt", riefen sie uns noch zu, als wir uns daran machten weiter zu fahren.

„Dort findet eine Autorallye statt!"

„Dann feiert man schön und vielen Dank für eure Auskunft", bedankten wir uns bei ihnen."

Enttäuscht, sich unserem erhofften Ziel wieder entfernen zu müssen, fuhren wir wieder los. Durch die Auskunft der Kinder, dass dort oben eine Rallye statt fand, waren wir ein wenig beunruhigt und gespannt, was uns da oben erwarten würde.
Immer weiter ging es den Berg hinauf. Je höher wir kamen, um so mehr Schnee lag an den Seiten der Straße. Hier war dickster Winter. Die Tannen, die mit einer dicken Schneeschicht beladen waren, hatten schwer zu tragen. Trafen unsere Scheinwerfer den Schnee, glitzerte es wie in einem Märchenwald. Das sah schön aus, doch das war mir im Moment egal. Für Gefühlsduselei stand mir im Moment nicht der Sinn. Mir war vor Hunger schon ganz schlecht und ich hatte absolut keine Geduld mehr. Ich wollte nur noch eins, möglichst schnell ankommen und aus dem Auto aussteigen. Alles hatte seine Grenzen!

„Das haben wir nun davon, dass wir so spät sind. Bestimmt sind die übrigen Gäste schon vor der Sperrung oben gewesen", sagte ich auf unserer Fahrt nach oben sichtlich enttäuscht.
„Warte ab, irgendwie werden wir schon zur Hütte kommen, ich kann mir nicht vorstellen, dass alle so pünktlich da sind", machte mein Schatz, der ebenfalls enttäuscht war, mir wieder Mut.
„Heute läuft aber auch nichts glatt!"
Meine Ungeduld wuchs ins unermessliche!
Das lag bestimmt auch an meinem leeren Magen.
So weit hatte ich mir die Fahrt zur Hütte einfach nicht vorgestellt.
Schließlich kamen wir oben an.

Wir mussten halten, denn die Straße, die sich oben nach rechts und links abzweigte, war vollkommen gesperrt.

„Was nun?"

Mein Liebster stieg aus und ging zu den beiden Männern, die hier die Straße überwachten. Nach einiger Zeit, die mir ewig vor kam, kam er zurückgeschlendert und teilte mir mit, dass hier niemand durchkam.

„Und was machen wir jetzt", wollte ich von ihm wissen?"

„Wir können hier nur warten bis die Rallye vorbei ist", meinte er ziemlich ratlos.

Verständnislos sah ich ihn an, „du kannst hier doch nicht eine oder vielleicht auch zwei Stunden rumstehen und darauf warten, dass es weitergeht!"

„Nein danke!"

„Wie stellst du dir das denn auch vor, das geht nicht, nach Eisblock ist mir nun wirklich nicht zumute", sagte ich entrüstet und fest entschlossen.

Mir wurde jetzt schon, von der kurzen Zeit die wir hier standen und von dem kurzen öffnen und schließen der Tür, eiskalt.

„Hast du die beiden Männer wenigstens gefragt, wo die Grillhütte ist?", wollte ich wissen.

„Nein, aber irgendwo hier muss sie ja sein", bekam ich zu hören.

Seine gute Laune war hin, ich merkte, dass auch ihm diese verzwickte Lage ganz schön auf den Keks ging.

„Vielleicht ist es ja möglich, dass wir zu Fuß zu der Hütte laufen können", schlug ich vor.

„Ich glaube nicht, aber ich erkundige mich noch mal!"

Und schon stieg er aus und lief noch mal zu den beiden Männern rüber.

Ich hatte die große Hoffnung, dass sie eventuell doch noch eine Ausnahme für uns machten und sah ihn erwartungsvoll an, als er zurück kam und die Autotür wieder öffnete. Jedes Mal beim auf- und zumachen der Tür, kam ein großer Schwall Kälte mit herein und ich zog meinen Mantel fester um mich.

„Lassen sie uns durch?"

„Hier geht nichts!"

„Wir können nur versuchen um den Berg herum zu fahren, um dann von der anderen Seite zur Hütte zu gelangen," berichtete er mir, während er sich schnell wieder ins Auto zurücksetzte.

„So ein blöder Mist!"

Mir war von der Fahrerei schon ganz dusselig und natürlich hatte ich einen Mordshunger. Jetzt sollten wir noch mal ganz zurück fahren und dann von der anderen Seite wieder den ganzen Berg hinauf. Die Lust auf Party war mir absolut vergangen.

„Vielleicht sollten wir zurück in unser Hotel fahren und uns ins Bett legen," schlug ich vor.

Dieser Vorschlag traf bei meinem Schatz völlig ins Schwarze. Er missfiel ihm ganz gehörig.

„Nun haben wir schon den weiten Weg in Kauf genommen, so schnell geben wir nicht auf!"

„Du wirst sehen, wir finden es!"

Er wendete, gab Gas und brauste die Straße so schnell es ging wieder zurück.

Ja, das musste ich ja wirklich zugeben, es konnte noch so dicke kommen, er behielt immer die Ruhe. Auch jetzt ließ er sich nicht die geringsten Ermüdungserscheinungen anmerken, obwohl ich glaubte, dass auch er ein wenig angegriffen war und die Nase voll hatte. Während der Rückfahrt berieten wir, was zu tun war.

„Dumm, dass ich mein Handy nicht mitgenommen habe, dann könnte ich Johann kurz anrufen. Er wird uns sicher sagen, wie wir zu ihm kommen können", überlegte er.

„Wo hast du es denn", wollte ich von ihm wissen.

„Es liegt im Hotel."

Inzwischen waren wir wieder unten an der Ringstraße angekommen und lasen auf einem Schild den Namen des Ortes, der uns um den Berg herumbringen sollte.

„Wollen wir gleich hinfahren", wollte mein Chauffeur von mir wissen? Er hatte das Auto am Randstreifen der Straße zum Stehen gebracht.

„Nein, wir fahren lieber ins Hotel zurück, damit du Johann auf dem Handy anrufen kannst", schlug ich vor.

„Ja, ich glaube, bevor wir hier noch weiter rumkurven ist es das Beste", stimmte er mir zu.

Schnell waren wir wieder im Ort. Glaubten aber beim Eintreffen, dass wir uns in einem anderen Dorf befanden, denn von dieser Seite sah alles ganz anders aus.

„Wie kommen wir denn jetzt möglichst schnell zu unserem Hotel?"

„Verflixt und zugenäht noch mal", schimpfte es neben mir.

Ungeduldig fuhr er durch die kleinen Gässchen. Als wir meinten, die Straße zum Hotel endlich gefunden zu haben, stellten wir fest, dass es doch nicht so war.

„Du musst nicht rechts in die Straße biegen", sagte ich genervt.

„Dort drüben an dem Gasthaus waren wir doch eben schon mal, fahr doch dort lieber links rein, irgendwo hier in der Nähe muss es doch sein!"

„Dort bin ich doch eben schon rein gefahren, hier sind wir völlig verkehrt!"

In seiner Stimme klang ein gewisser Unmut. Langsam aber sicher war auch seine Geduld am Ende. Irgendwie haben wir das Hotel dann doch noch gefunden. Ein später Fußgänger war so nett und zeigte uns den Weg. Wie sich herausstellte, waren wir ganz in der Nähe.

Wir fuhren auf den Parkplatz. Während ich im Auto sitzen blieb, stieg er aus um sein Handy zu holen. Wieder zurück im Auto, versuchte er unseren Freund zu erreichen.

Da hatten wir aber mit Zitronen gehandelt!

Der Gute meldete sich nicht!

Wir sprachen eine Nachricht auf seine Mailbox und hofften auf seinen Rückruf.

Nun saßen wir vor dem Hotel im Auto und sahen uns fragend an. Als wir uns noch, nach unserer Ankunft, in unserem Zimmer befanden, hatten wir mitbekommen, dass sich jemand mit dem Taxi abholen ließ.

„Wir sollten uns auch ein Taxi bestellen", meinte ich, „dann brauchst du heute Abend auch nicht auf die alkoholischen Getränke verzichten!"

„Zurück kommen wir ja mit dem Fahrdienst, den Johann organisiert hat!"

„Gut, ich gehe schnell noch mal zur Rezeption und bestelle eins."

Eilig  trabte er davon.

Ich blieb weiter im Auto sitzen und atmete durch. Diese bekloppte Fahrerei machte mich vollkommen nervös.

Man, oh man, was war das doch heute alles verzwickt. Aber jetzt lassen wir uns abholen, da brauchte ich mir keinerlei Kopfzerbrechen mehr machen. Ich versuchte mich so gut es ging zu entspannen.

Die Tür vom Hotel klappte und mein Schatz erschien wieder.

Fragend sah ich ihn an.

„Hat es geklappt?"

„Nein!"

„Als ich den Hotelier bat, uns ein Taxi zu bestellen, meinte er bedauernd, „da können sie ja lange warten, bis hier ein Taxi ankommt, ich kann ihnen nur davon abraten!"

„Ich habe ihm erklärt, dass da oben alles gesperrt ist, wegen der Rallye, und wir nicht durchkämen. Da hat er nur die Schultern gezogen. Er ist überhaupt nicht drauf eingegangen, er hat mir nur noch einmal den Weg beschrieben, aber wo genau die Hütte ist, wusste er auch nicht!"

„Wir fahren jetzt den anderen Weg um den Wald herum, den man mir dort oben erklärt hat."

Fragend sah er zu mir rüber.

„Ist gut", gab ich meine Zustimmung. Im Moment sah ich keine andere Möglichkeit.

Inzwischen war eine Menge Zeit vergangen. Die Uhr zeigte halb neun. Fast zwei Stunden waren wir schon unterwegs. Ich hatte beschlossen an meinen Hunger nicht mehr zu denken, und mein Magen gab tatsächlich Ruhe. Wenigstens im Moment.

Bis wir uns mal wieder aus dem Wirrwarr der Straßen herausgewunden hatten und dann die Straße, die uns um den Wald herum in den anderen Ort bringen sollte, einschlugen, war schon wieder eine gewisse Zeit vergangen. Das Herausfinden aus dem Weindorf klappte dieses mal auch nur unter der Begleitung einiger kräftiger Schimpfwörter über dieses bescheuerte Kaff, die mein Liebster einfach nicht bei sich behalten konnte.

Endlich, der Umweg war doch länger als wir dachten, kamen wir in dem besagten Ort an. Er war sehr klein. Nur eine Straße führte durch ihn hindurch, die sich dann am Ende des Ortes nach links und rechts gabelte. Wir bogen nach links ab, um von hier aus in den Wald zu kommen, wo wir die Grillhütte vermuteten. Kaum waren wir abgebogen, standen wir doch prompt schon wieder vor so einer bekloppten Straßensperre.
„Verdammt und zugenäht noch mal, das kann doch nun nicht wahr sein", fluchte es neben mir.
Ja, auch hier kamen wir nicht durch. Hier standen zwar keine Männer, die uns vom weiterfahren abhalten konnten, aber die Straße war vollkommen dicht, sodass einem nichts anderes übrig blieb als zu wenden, oder in die andere Richtung zu fahren. Da wollten wir aber nicht hin.
Wir wendeten und trafen auf dem Rückweg ein junges Pärchen, das durch den Ort schlenderte. Als sie in Höhe unseres Autos waren, öffneten wir schnell unsere Scheibe und sprachen sie an. Sie erklärten uns, dass die Straße wegen der Rallye gesperrt sei und vorläufig auch nicht geöffnet würde.

Wir bedankten uns wieder und machten uns total frustriert auf den Rückweg.

„Jetzt habe ich die Faxen aber dicke", maulte ich.

„Ich bin müde, nein, ich bin sogar hundemüde!"

„Mir tut alles weh, mir ist schlecht vor Hunger und außerdem brauche ich eine Toilette!"

„Mach was du willst, aber ich will nur noch eins, ganz schnell ins Bett!"

Mitleidig sah mein Schatz mich von der Seite an. Seine rechte Hand kam zu mir rüber und versuchte mich zu streicheln.

„Das ist ja auch wirklich alles verkorkst hier", gab er mir kleinlaut recht.

„Ich habe auch Hunger, vielleicht sollten wir uns ein Lokal suchen, damit wir was zu essen bekommen", machte er den Vorschlag.

„Schau mal auf die Uhr, es ist schon bald halb zehn, ich glaube, um diese Zeit gibt es in diesem Nest nichts mehr zu essen", sagte ich entmutigt.

„Ich habe auch nicht die geringste Lust, mich hier irgendwo reinzusetzen!"

„Ich auch nicht", drang es leise an mein Ohr. In seiner Stimme lag pure Enttäuschung.

Langsam näherten wir uns wieder unserem kleinen Weindorf.


„Weißt du was", wagte er mir einen neuen Vorschlag zu machen, als wir kurz vor dem Ort angelangt waren.

„Wir fahren jetzt die Straße noch mal hoch. Vielleicht ist die Sperrung inzwischen aufgehoben, dann sind wir bald da!

Dort gibt es eine Toilette und wir bekommen bestimmt auch noch was zu essen!"

Bittend sah er mich an!

Ich wusste, wie sehr er sich darauf gefreut hatte unsere Freunde nach so langer Zeit wieder zu sehen, und hungrig zu Bett gehen war ja auch nicht so angenehm.

„Na gut, meinetwegen!"

Ich gab nach.

Wieder ging es in den Wald. Die Straße wand sich höher und höher und schließlich waren wir wieder oben. Wir sahen, dass die Sperrung noch da war, aber irgendetwas tat sich dort, das uns vermuten ließ, das die Fahrbahn bald geöffnet würde.

„ In zwei Minuten können wir durch," frohlockte mein Liebster!

Ruck, zuck war er aus dem Auto ausgestiegen und zu den Streckenposten rübergelaufen.

„Gott sei Dank", entfuhr es mir, „dann haben wir es doch wohl bald geschafft!"

Wie auf heißen Kohlen saßen wir in unserem Auto, auf Warten waren wir nicht eingestellt, so schnell wie möglich wollten wir weiter. Es dauerte aber eine geschlagene viertel Stunde. Erst, als ein Kontrollauto die ganze Strecke abgefahren war und man sicher war, dass alle Autos, die an der Rallye teilgenommen hatten durch waren, wurde die Fahrbahn langsam frei gemacht.

„Hast du dich bei den Leuten erkundigt, wo die Grillhütte genau ist", fragte ich, während wir wartend im Auto saßen. Die Straße gabelte sich ja hier und ich wollte nicht, dass wir in die verkehrte Richtung fuhren.

„Als wir das erste Mal hier oben waren", meinte er und in seiner Stimme klang jetzt Zuversicht, „hatte ich gefragt, ob die Hütte hier ist, es wurde mir bestätigt. Aber wir können uns ja noch mal genau erkundigen!"

Als dann endlich das Zeichen kam, dass wir losfahren durften, drehte er noch schnell die Scheibe runter und fragten einen der Männer, die noch an der geöffneten Sperre standen..

„Links die Straße runter, dort muss sie sein", gab er uns Auskunft. Es hörte sich so an, als wenn er sie kannte.

Wir starteten. Nun ging es immer bergab. Während die Straße auf der anderen Seite, die uns den Berg hinauf geführt hatte fast gerade, ohne viele Windungen war, verlief sie hier in vielen Kurven und wir mussten höllisch aufpassen, dass wir nicht vom Wege abkamen, wie ein Ralleyfahrer, dessen Auto an einer scharfen Kurve anscheinend ins schleudern geraten war und nun ganz schräg am Abhang hing. Nur sehr langsam konnten wir uns fortbewegen, zumal hier alles tief verschneit war. Angestrengt schauten wir dabei nach rechts und links, um bloß nicht das Schild zu übersehen. Wir kamen immer weiter nach unten. Ich fing an zu verzweifeln und ein immenser Frust machte sich in mir breit.

„Wo ist denn bloß diese verdammte Grillhütte!", stieß ich hervor.

„Ich glaube einfach nicht, dass sie in dieser Walachei, so weit  von dem Ort, in dem wir Übernachten, entfernt ist."

„Nein, das kann nicht sein!"

„Halt an, wir kehren um", sagte ich bestimmend!

„Ja", meinte er kleinlaut, „hier kann es nicht sein, wir fahren zurück!"

Wir mussten aber erst mal weiterfahren, auf dieser schmalen Straße konnten wir nicht wenden. Einige Male wurden wir von späten Autofahrern überholt. Wir mussten warten, bis wir an einen einigermaßen breiten Waldweg kamen, um dort zu wenden.

Meine Ungeduld wuchs, je weiter wir nach unten kamen. Zudem machte sich meine Blase sehr unangenehm bemerkbar.

„Halt doch endlich an!", verlangte ich wirsch.

„ Es geht doch nicht, dass siehst du doch!", fluchte es neben mir.

„Willst du vielleicht auch, dass wir da unten landen!"

Dabei wies er mit seinem Kopf auf die Seite, wo es steil den Berg hinunter ging.

„Dort war doch eben eine breitere Stelle, dort hättest du doch halten können", gab ich maulend zurück.

„Nein, dass ging nicht, verflixt noch mal!", schnauzte er mich an.

„ Fahr doch ein wenig langsamer, sonst verpasst du noch den Weg, an dem wir drehen könnten", verlangte ich zornig.

„Wir kriechen doch schon!", sei jetzt endlich still, ich weiß schließlich selber wie schnell ich fahren kann, basta!" beendete er das Gespräch.

Nicht nur ich, nein, auch mein sonst so lieber und geduldiger Ehegatte verlor langsam seine so gepriesene Ruhe. Er hatte sein Tempo ein wenig erhöht, wollte es aber nicht zugeben.

Dann, endlich hatten wir einen breiteren Waldweg gefunden. Wir wendeten und fuhren in gemäßigtem Tempo wieder zurück.

„Was nun?"

„Ich möchte jetzt so schnell wie möglich zurück ins Hotel, ich muss dringend auf die Toilette!"

„Mein Bedarf an Feier ist mir sowieso voll und ganz vergangen, das ist ja total verrückt hier!", ich habe einfach keine Lust mehr, hier noch weiter durch die Gegend zu eiern, mir reicht es!"

Auf meinen Protest bekam ich keine Antwort. Mein Chauffeur musste sich auf die Straße konzentrieren, aber er wusste, dass ich kaputt war.

Bald wurde die Straße breiter. Ich sah, dass wir uns dem höchsten Punkt näherten, wo sich die Straße, von hier aus gesehen, einmal nach links teilte und zum anderen den Berg in Richtung Weindorf wieder hinunter ging. Oben angelangt, hatte mein Bester seine gute Stimmung wieder gefunden.

„Bestimmt," meinte er, „ hat man uns verkehrt geschickt und die Hütte liegt genau an der anderen Straße. Sie kann nur dort sein!"

Ohne auf meinen Protest, dass ich nötigst auf die Toilette müsste zu achten, fuhr er, als wir oben angekommen waren, die Straße nicht zum Weindorf, sondern nach links  hinunter.

„Halte noch ein wenig durch!", meinte er, „du wirst sehen, gleich  haben wir es geschafft!"

Ich musste mich gezwungenermaßen fügen und hoffte im Stillen inbrünstig, dass er recht hatte. Auch hier ging es durch den Wald, auch hier war alles verschneit, aber die Straße hatte nicht ganz so viele Kurven, war aber auch eine ideale Strecke für die Rallye, dass musste man ja zugeben. Aber wir wollten ja keine Straße testen, auf der man eine Rallye fahren konnte, wir wollten endlich zur Geburtstagsfeier, die schon im vollen Gange war. Wir wollten endlich diese idiotische Hütte finden!

Es ging bergab und wenn wir weiter gefahren wären, wären wir bestimmt in dem Ort mit der Schranke gelandet, die jetzt, sehr wahrscheinlich, auch beseitigt worden war. Eher langsam bewegten wir uns auf der Straße nach unten und hielten dabei wieder nach beiden Seiten Ausschau, nach einem Waldweg mit einem Hinweisschild nach der Hütte, was bei der Dunkelheit nicht so einfach war.

„Bitte, fahr zurück!", rief ich sehr eindringlich, „ich pfeife auf die blöde Feier, ich will jetzt sofort, ohne weitere Umwege zurück ins Hotel!"

„Überleg doch mal, wie viele Stunden wir schon unterwegs sind. Um elf Uhr sind wir heute morgen losgefahren, bald ist es zehn! Wir irren hier wie die Blöden rum! Langsam glaube ich, hier gibt es gar keine Hütte, die feiern vielleicht in einem Hotel, oder sonst wo! Oder wir sind einfach zu dumm und zu blöde, um diese bescheuerte Hütte zu finden!"

Immer noch meinte mein Liebster sie zu finden und spähte beim Fahren nach beiden Seiten.

„Wenn du nicht möchtest, dass dein Auto sich gleich in eine Schwimmhalle verwandelt, kehre schleunigst um, sonst passiert hier gleich ein Malheur!"

Mehr brauchte ich nicht zu sagen.. Bei der nächsten Gelegenheit wendete er wortlos und trat den Rückweg an.


Mit der Feier hatte ich, als wir uns dem Ort, in dem sich unsere Bleibe für die Nacht befand, näherten, innerlich abgeschlossen.

„Sobald wir da sind, lege ich mich ins Bett!"

„Das steht fest, felsenfest", betonte ich.

„Du hast ja recht", tönte die Stimme neben mir und damit brausten wir auf den Ort, auf das kleine, verwunschene, romantische Weindorf, mit seinen winzigen Gassen, die überall hinführten, aber nicht zu unserem Hotel, zu.

Wieder ging das Suchen los!

Ich hatte gehofft, dass wir uns mittlerweile auskannten, aber wir waren im Moment viel zu nervös, viel zu hektisch und missgelaunt, um in Ruhe zum Hotel zu fahren.

„Dort müssen wir rein, das weiß ich genau!", sagte ich bestimmend, als wir in den Ort reingefahren waren.

Ohne zu murren, fuhr er in die Straße rein und bog danach gleich wieder links in eine Gasse.

„Was haben wir denn jetzt wieder verkehrt gemacht!", hörte ich seine zornige Stimme."

Wir hatten uns wieder total verhaspelt.

„Du hättest nicht links, sondern rechts reinfahren müssen!", sagte ich besserwisserisch.

„Da waren wir doch eben schon, zum Kuckuck noch mal!", rief er.

„Das ist ja hier zum verrückt werden!"

„So ein beklopptes Kaff!"

„Gleich kriege ich hier die Krise!"

„Die habe ich schon", gab ich zur Antwort.

„Das Hotel da drüben kenne ich, da musst du rechts fahren!", belehrte ich meinen aufgebrachten Ehegatten.

Er kurvte weiter.

„Nun glaube es mir doch endlich!", schimpfte ich.

„Hier bist du doch wieder voll verkehrt!"

„Ich fasse es einfach nicht!"

„Oh Gott, meine Blase, ich kann nicht mehr!", stöhnte ich laut!"

Der Druck auf meiner Blase wuchs und dementsprechend war mein Befinden und meine Stimmung.

Ein etwas älterer Herr kam uns entgegen. Schnell drückten wir auf den Knopf, der die Scheibe automatisch runterließ.

„Entschuldigen sie bitte, wir suchen das Hotel zum grünen Baum!"

„Sie fahren hier herum, dann links und sie sind da!"

Sehr erleichtert bedankten wir uns bei dem Herrn und standen zwei Minuten später vor unserem Hotel. Jetzt noch schnell auf den Parkplatz fahren. Wir hatten Glück, direkt neben dem Eingang fanden wir einen Parkplatz. Der Eingang war allerdings durch eine längere Mauer und ein Blumenbeet versperrt, sodass man erst um die ganze Mauer herum gehen musste, um an den Eingang zu gelangen.

Das Auto war kaum zum Stehen gekommen, da hatte ich schon die Autotür aufgerissen und nach dem Zimmerschlüssel verlangt, der sich aber nicht gleich finden ließ.

„Herrgott noch mal, beeil dich doch", rief ich, während ich nervös von einem Bein auf das andere trippelte. In irgend einer Hosentasche oder sonst wo hielt er ihn gut verborgen.

„Nun mach schon!", stöhnte ich, „ beeil dich!"

Seelenruhig durchstöberte er seine Taschen, zuerst die Handtasche, danach beide Manteltasche und nun noch die Hosentaschen und dann, hielt er den Schlüssel endlich in der Hand.

Ich stürmte, während ich krampfhaft versuchte den Druck der Blase zu halten, auf den Eingang zu und schloss die Tür auf. Dann rannte ich die steile Wendeltreppe bis in den zweiten Stock hoch und stand in einem etwas längerer Flur, an dem sich unser Zimmer befand.

„Aber welches Zimmer war unseres?"

Ich wusste, dass es auf der linken Seite lag, war es aber das erste, oder doch das zweite?

Ich hatte keine Zeit lange zu überlegen und versuchte mein Glück gleich bei der ersten Zimmertür.

Ging nicht, der Schlüssel passte nicht!

„Warum machst du denn kein Licht an", hörte ich eine Stimme hinter mir sagen.

Mein Ehegatte war auch schon oben angelangt.

„Ich habe es so eilig", antwortete ich gequält!

„Du bist ja an der falschen Tür", wurde ich belehrt.

„Das habe ich auch schon gemerkt", sagte ich schuldbewusst.

Er nahm mir den Schlüssel aus der Hand, ging zu der anderen Tür und im nu hatte er sie geöffnet.

Schnell huschte ich an ihm vorbei, um in Windeseile im Badezimmer zu verschwinden.

Sehr erleichtert trat ich etwas später in unser Schlafzimmer. Jetzt, wo der Druck weg war, ging es mir wesentlich besser. Mein Schatz hatte auf einem Stuhl Platz genommen, aus seinem Gesicht strahlte mir die pure Enttäuschung entgegen!

Er tat mir wirklich leid!

Ich setzte mich ebenfalls auf einen Stuhl, der an einem Tisch stand und sah auf die Betten, die so verlockend vor mir standen und die für mich in diesem Augenblick die volle, alles andere in den Schatten stellende Entspannung bedeuteten. Sich jetzt auf die Matratze werfen können, so richtig lang machen, und dann gemütlich in die warmen

Decken hüllen! An nichts mehr denken müssen und sich dem wohligen Schlummer überlassen, das musste der Himmel sein, eine Wohltat für meine Knochen, für den ganzen Körper, an dem die Strapazen des vergangenen Tages nicht spurlos vergangen waren. Schließlich waren wir ja auch nicht mehr die jüngsten. Johann, mit seinen gerade mal sechzig Jahren, war ja noch ein junger Hüpfer gegen uns. Wir hatten die siebzig schon vor einem Jahr überschritten.

Fragend blickte ich zu ihm rüber.

„Was machen wir jetzt?"

Ich bekam keine Antwort.

„Wollen wir noch einen Versuch starten?"

Ich hatte es kaum ausgesprochen. Freudestrahlend sah er mich an, „meinst du wirklich?"

Ungläubig blickte er zu mir rüber.

„Wenn du nicht zu müde bist, könnten wir es noch einmal versuchen!"

„Gut, dass ist dann aber der letzte, der wirklich allerletzte Versuch!"

Meine Müdigkeit war auf einmal verflogen und ich hatte plötzlich auch keine Lust mehr, mich ins Bett zu legen. Sehr vorsichtig und leise, um keinen Krach zu machen und eventuell schlafende Gäste zu stören, gingen wir aus dem Zimmer, schlichen über den Gang und dann die steile Wendeltreppe herunter. Schon auf der Treppe merkten wir die Kälte, die uns draußen unvermindert entgegen schlug. Als wir am Auto standen, sahen wir eine Frau mittleren Alters aus dem gegenüberliegenden Hotel kommen. Schnell ging ich hinüber um mich nach der Grillhütte zu erkundigen.

Wie man an ihrer Kleidung sehen konnte, war sie in dem Nachbarhotel als Bedienung tätig und hatte wohl Feierabend. Es war zehn Uhr, wie uns die Glocke der Kirche gerade durch ihr Geläut verkündete. Zuerst gab es vier Glockenschläge und danach noch einmal zehn.

„Entschuldigen sie bitte", rief ich hinüber. Ich wollte die Frau noch erreichen, bevor sie in ihr Auto stieg.

„Kennen sie die Grillhütte, die hier in der näheren Umgebung sein soll?"

„Nein, es tut mir leid, aber ich kenne mich hier nicht aus, ich wohne in einem anderen Ort, hier arbeite ich nur!"

„Schade", sagte ich enttäuscht, „dort feiert ein Freund von uns seinen Geburtstag, aber wir können die Hütte nicht finden!"

„Gehen sie doch ins Hotel und fragen sie meine Chefin, die kann ihnen bestimmt weiterhelfen", riet sie mir.

Ich bedankte mich und lief schnellen Schrittes zu meiner besseren Hälfte rüber, die an der offenen Autotür stand.

„Nein", meinte er, als ich ihm berichtete was die Frau mir geraten hatte.

„Für lange Gespräche steht mir jetzt nicht der Sinn. Wir fahren jetzt genau nach den Schildern die hier im Ort sind, dann müssten wir es finden. Steig ein!"

Ja, bei unseren Irrfahrten durch den Ort hatten wir schon mitbekommen, dass es hier Schilder gab, die den Weg zur Hütte wiesen, aber wir hatten uns nicht genau danach gerichtet, sondern sind nach den Anweisungen gefahren, die uns unser Hotelier gegeben hatte. Flink stiegen wir wieder ins Auto und fuhren los.

Wir fuhren vom Parkplatz und dann noch zwei mal links, und wieder war alles verkehrt.

„Du musst auch nicht so schnell fahren", beschwor ich ihn, „kein Wunder, dass du dich dann vertust!"

„Entweder zwei mal links, oder zwei mal rechts, hatte der junge Mann in unserem Hotel gesagt", belehrte ich ihn.

„Bin ich doch", bekam ich zu hören, während er sich wieder zurück auf den Parkplatz unseres Hotels begab, um erneut zu starten. Dieses Mal passte ich sehr genau auf. Nachdem er vom Parkplatz runtergefahren war, bog er noch zwei Mal nach links ab.

„Verkehrt!"

„So eine verdammte Sch…." , rief er zornig!

„So ein elender Mist!"

„Du bist drei mal links gefahren!"

„Du darfst nur zwei mal links, der Parkplatz zählt mit!", rief ich aus.

„Sei doch bloß nicht so hektisch, fahr langsamer", beschwor ich ihn, als er das zweite mal zum Parkplatz zurückfuhr um das ganze noch mal zu exerzieren.

Ja, und dann waren wir richtig!

Wir achteten jetzt genau auf die Hinweisschilder, was bei der Dunkelheit sehr schwierig war, denn meistens waren an dem Pfeiler, an dem die Schilder befestigt waren, mehrere, etwa fünf bis sechs Schilder untereinander angebracht. Sie führten alle zu einem anderen Ziel. Um sie überhaupt lesen zu können, im Ort war es stockdunkel, mussten wir mit dem Auto genau vor den Pfeiler fahren, damit die Scheinwerfer direkt darauf fielen.

Plötzlich gab es keine Schilder mehr. Ein junger Mann kam uns eiligen Schrittes entgegen.

„Wie kommen wir zur Grillhütte", wollten wir von ihm wissen.

„Sie müssen geradeaus fahren, aber die Straße ist gesperrt. Tut mir leid, aber ich habe keine Zeit!", rief er und schon war er verschwunden.

„Na toll!"

Wir fuhren, wie man uns geraten hatte geradeaus und standen nach ein paar Metern genau vor einer Straßensperrung.

„Ich fasse es nicht, so was beklopptes habe ich noch nicht erlebt!" Völlig außer sich fasste mein Schatz sich an den Kopf.

Wir wendeten, fuhren die Umleitung und kamen genau hinter der Sperrung wieder raus. Als wir die Straße, wie empfohlen, geradeaus fuhren, kamen wir wieder auf den Ring, der um den Ort herumführte, den wir nun schon sehr genau kannten. Wir waren auf ihm schon etliche Male langgefahren.

„Vielleicht sind wir immer zu weit gefahren," überlegte ich laut.

„Vielleicht müssen wir direkt am Ortende, ich meine dort ein Schild gelesen zu haben, reinfahren!"

Wir kamen zu der Stelle und lasen Campingplatz.

„Dort wird es sein," einigten wir uns und bogen ab in Richtung Campingplatz.

Es war nicht weit, wir brauchten nur einmal links einbiegen und waren schon angelangt. Alles lag hier unter einer sehr dicken weißen Schneedecke. Der Zugang zum Campingplatz war gesperrt. Von einer Grillhütte keine Spur.

Nichts, aber auch gar nichts deutete darauf hin, dass es hier zu einer Grillhütte gehen könnte.

„Tut mir leid, falsch verbunden, Pech gehabt!"
Wir machten betretene Gesichter und mussten einsehen, dass auch der dritte, der wirklich allerletzte Versuch fehlgeschlagen war.
„Lass uns doch lieber ins Bett gehen", bat ich.
„Das hat doch wirklich keinen Sinn, hier die halbe Nacht durch die Gegend zu fahren!"
„So was verhextes, ich kann es einfach nicht glauben, auf was haben wir uns bloß eingelassen!"
Wir konnten es beide nicht begreifen!
Deprimiert und auch traurig sahen wir uns an und machten uns auf den Rückweg ins Hotel. So viel Mühe hatten wir uns gegeben, aber das Schicksal war wohl nicht auf unserer Seite, es wollte es eben anders, wir gaben uns endgültig geschlagen!

Kaum waren wir ein Stück die Straße zurückgefahren, sahen wir vor uns ein Ehepaar aus ihrem Auto steigen. Flink wollten sie in ihrem Haus verschwinden. Wir hielten an und während die Seitenscheibe runter glitt, sprachen wir sie schnell an.
„Bitte, können sie uns sagen, ob es hier irgendwo eine Grillhütte gibt?"
„Wir fahren hier schon seit fast drei Stunden durch die Gegend, aber wir können sie nicht finden. Dort gibt es eine Geburtstagsfeier."
Mitleidig sahen zwei Augenpaare zu uns herunter.
Zuerst hatte nur die Frau an unserem Auto gestanden, als der Mann sein Auto ordentlich geparkt hatte, kam auch er hinzu.
„Ja, es gibt eine Grillhütte, aber hier sind sie völlig falsch, die liegt im Wald", meinte die Frau erstaunt!

„Dort waren wir schon einige Male", erklärten wir.
„Wir haben uns auch dort erkundigt, aber man hat uns vermutlich immer falsch geschickt. Wir finden sie nicht!"

Wir berichteten von unseren Irrfahrten durch den Wald und um den Wald herum. Wir taten ihnen richtig leid, das sah man an ihren Gesichtern.

„Erklären sie uns doch bitte mal ganz genau, wo die Hütte ist", baten wir höflich.

„Sie fahren jetzt gleich wieder links, dann kommen sie auf den Ring, den fahren sie wieder links hoch in den Wald hinein, und wenn sie die Straße einige hundert Meter gefahren sind, sehen sie ein Schild das zur Grillhütte führt!"

Wir berichteten von den beiden Kindern mit den Fackeln.

„Dort ist es nicht", belehrten sie uns.

„Sie müssen noch ein ganzes Stück weiterfahren, dann kommt ebenfalls auf der linken Seite ein Weg, der in den Wald führt. Dort ist es. Auf der rechten Seite ist ein kleines Gasthaus im Wald, dort ist es nicht, sie müssen nach links schauen", klärten sie uns weiter auf. Obwohl es bitter kalt war, hatten sie viel Geduld mit uns.

„An dem Weg befindet sich das Schild und außerdem müssten dort Fahnen sein!", erwähnten sie noch.

„Sollten wir denn wirklich noch am heutigen Abend, nein es war bereits Nacht, zu der Feier gelangen?"

Auf jeden Fall bedankten wir uns bei dem netten Ehepaar sehr herzlich für die aufgebrachte Geduld zu so später Stunde. Wir sahen noch wie das Ehepaar eiligst im Haus verschwand.

Mein Schatz ließ den Motor an und brauste los. Als wir in den Wald kamen und nach einigen hundert Metern den Waldweg mit den Kindern, die längst nicht mehr dort standen, und ebenfalls das kleine Gasthaus im Wald auf der rechten Seite hinter uns gelassen hatten, verlangsamten wir unsere Geschwindigkeit drastisch, damit wir auch bloß nicht den zweiten Waldweg verpassten.

Genau hier hatten wir ordentlich Gas gegeben, um möglichst schnell nach oben zu gelangen.

Konzentriert blickten wir beim Fahren zur linken Seite, mir brannten schon meine Augen, nicht nur vom angestrengten sehen, wohl auch vor Müdigkeit. Und dann sahen wir ein kleines, sehr schmales, ganz unscheinbares Schild. Und tatsächlich führte hier ein enger Weg in den Wald. Erst als wir langsam über die Straße gefahren waren und direkt an dem Schild hielten, konnten wir es lesen.

Hier ging es  doch tatsächlich zur Grillhütte!

Im Moment konnte ich es gar nicht glauben, dass wir wirklich auf dem richtigen Weg waren. Der schmale Weg wurde, je weiter man kam breiter und schließlich sahen wir eine große Lichtung und die Grillhütte lag vor uns!

Fassungslos und sehr erleichtert sahen wir uns an, wir waren tatsächlich da!

Trotz Müdigkeit kam ein kleines Glücksgefühl in mir hoch.

Als wir zum Parkplatz kamen sahen wir dort viele Autos stehen. Beim Aussteigen landeten wir erst mal mit den Füßen im tiefen Schnee, der hier besonders hoch lag. Macht ja nix, ich hatte ja zum Glück meine hohen Winterstiefel an. Es war übrigens schon bald elf!

Als wir uns der Eingangstür näherten, kamen uns schon die ersten Gäste, die nach Hause wollten, entgegen.

In der Hütte war es sehr voll. Wir mussten erst mal unseren Freund, das Geburtstagskind, suchen.

Bei der Begrüßung stellten wir fest, dass man uns gar nicht so sehr vermisst hatte. Das Ehepaar, dass mit uns im Hotel an der Rezeption gestanden hatte, hatte erzählt, dass wir von der weiten Fahrt müde waren und uns schlafen gelegt hätten.

Das ist ja ein Ding, wir machen doch nicht so einen riesigen Umweg auf unserer Fahrt in den Urlaub, um uns dann hier ins Bett zu legen, anstatt zu feiern. Wir wollten uns doch lediglich nur ein wenig ausruhen.

Das Ehepaar hatte die Hütte übrigens auch nicht gefunden, obwohl es draußen noch hell war als sie abfuhren und sie außerdem im Besitz eines Handys waren, das aber hier hoch oben im Wald nicht funktionierte. Sie hatten das unverschämte Glück jemanden zu treffen, der sich hier in der Gegend auskannte und der ebenfalls zu der Party unseres Freundes fuhr.

Nach der Begrüßung hielten wir uns erst mal in der Nähe des großen Tisches auf, auf dem das Büffet gestanden hatte, das aber inzwischen, verständlicherweise abgeräumt war. Einige übriggebliebene Häppchen, Brot, Fleischwurst und Käse standen noch auf dem Tisch. Man war gerade dabei, leckeren Kuchen und Torten aufzutragen. Unser Magen hing sonst wo, wir hatten guten Appetit. Während wir dabei waren unseren Hunger zu stillen, wurden dem Jubilar einige Reden gewidmet. Viel Zeit hatte er nicht für uns, aber Vroni gesellte sich zu uns, wir hatten viel zu erzählen. Auch mit Christine unterhielten wir uns und bewunderten das Fotoalbum, das sie uns stolz präsentierte. Die älteste Tochter hatte im letzten Sommer geheiratet.

Die Zeit verging, und langsam machten sich bei mir immense Erschöpfungserscheinungen bemerkbar. Ich konnte nicht mehr! Als ich zum Aufbruch mahnte, kam nicht der geringste Widerstand von Seiten meiner besseren Hälfte. Bereitwillig, ohne auch nur einen einzigen Protest, oder langes bitten, noch ein wenig zu bleiben, wie ich es aus früheren Jahren bei Feierlichkeiten von ihm gewohnt war, stand mein Schatz auf. Schnell verabschiedeten wir uns, nahmen im vorbeigehen beim Büffet noch jeder ein großes Stück Nusskuchen in die Hand, stapften durch den hohen Schnee zum Auto und geschwind ging es zurück zu unserem verwunschenen Weindorf.

Auf Anhieb fanden wir sogar unser Hotel, inzwischen kannten wir uns gut aus.

Im Zimmer angelangt futterten wir, während wir uns entkleideten das Stück Kuchen, das uns köstlich schmeckte.

Dann war ich hin!

Völlig erledigt!

Ich schaffte es gerade noch meine Zähne zu putzen und mein Gesicht mit ein wenig Toilettenpapier, Schminktücher gab es nicht, ich war auch zu faul aus meiner Tasche ein Tuch zu holen, zu säubern. Noch ein wenig Creme ins Gesicht und schon lag ich im Bett!

Erst jetzt, als ich mich ausstreckte, merkte ich wie erschöpft ich wirklich war!

Alles an mir, tat weh!

Besonders der Nacken machte mir Probleme! Der Schmerz zog von den Schultern bis in die Fingerspitzen und natürlich in den Kopf. Meine Güte tat mir der Kopf weh! Ich lag auf dem Rücken und hatte die Arme zu beiden Seiten ausgestreckt.

Es tat so verdammt gut!

Bloß jetzt nicht mehr rühren!

Einfach so liegen bleiben und dann bis zum nächsten Morgen schlafen!

Ich wusste jedoch, dass nach so einem erlebnisreichem Tag, mir das Einschlafen sehr schwer fallen würde. Ich konnte meine Gedanken nicht so schnell abstellen. Alle Erlebnisse des Tages würden noch einmal bis ins kleinste an mir vorbeiziehen. Ich brauchte aber dringend meinen Schlaf! Morgen, nein heute, der neue Tag hatte ja schon begonnen, es war ja schon nach eins, unser Urlaub hatte schon begonnen! Das Wort Urlaub versetzte mich zwar einerseits in gute Stimmung, aber ich war so komplett erschöpft, bestimmt wird es eine Woche dauern, bis ich mich von den Strapazen des heutigen Tages erholt habe. Dabei wollte ich doch unseren Urlaub genießen, nette Bekanntschaften machen und nicht beim Abendessen müde und abgewrackt amTisch hängen! Ich wollte fit sein!

„Was soll's!"

Jetzt musste ich es notgedrungen hinnehmen. Mich jetzt aufzuregen nutzte absolut nichts!"

Mein Göttergatte war inzwischen mit seiner Toilette fertig, kam aus dem Badezimmer und sah fragend zu mir runter.

Mit leiser Stimme, denn sogar das Reden fiel mir schwer, so erschöpft war ich, bat ich ihn noch um ein Glas Wasser und um ein kleines, ich brach mir von einer halben Tablette immer nur ein drittel ab, also nur ein kleines Stückchen von meinen Schlaftabletten. Er wusste darum schon Bescheid und reichte es mir rüber. Flink warf ich das kleine Stückchen in den Mund, trank das Wasser und schloss die Augen. Dann bekam ich schnell noch ein Gute-Nacht-Küsschen auf den Mund gedrückt, und an den tiefen Atemzügen neben mir merkte ich, dass er sofort, nach dem er sich ebenfalls schnell ins Bett gelegt hatte, in tiefem Schlaf versunken war. Natürlich war auch er fertig, er wollte es nur nicht zugeben!

Ich versuchte nun, mich völlig zu entspannen!

Ja, ich war kaputt, aber trotzdem merkte ich, dass sich in mir ein Gefühl der Zufriedenheit breit machte. Ich hatte nicht aufgegeben und dazu beigetragen, dass doch noch sein Wunsch in Erfüllung gegangen ist.

Mit diesem Gefühl ließ auch ich mich in den ersehnten Schlaf gleiten.

Plötzlich, ich hatte das Gefühl erst eine Stunde geschlafen zu haben, wurden wir geweckt. Vom Kirchturm her machte es „boing, boing, boing". Zuerst vier Mal, automatisch hatte ich mitgezählt, und danach kamen noch sechs Schläge.

Es war sechs Uhr!

„Sind die denn hier von allen guten Geistern verlassen!"

Ärgerlich, immer noch kaputt und völlig zerschlagen, drehte ich mich um, zog die Bettdecke über den Kopf und versuchte mich wieder zu entspannen. Nach kurzer Zeit machte es wieder „boing!" Also war genau eine viertel Stunde vergangen.

„Und so wird es jetzt wohl weitergehen, bis sie mich endgültig aus dem Bett gebimmelt haben, mit ihrem Geläut", dachte ich verzweifelt!

„Wieso müssen denn an einem Sonntag alle wissen, dass es sechs Uhr ist?", ging es mir weiter durch den Kopf.

„Hier gibt es doch auch viele Feriengäste, die möchten doch bestimmt auch ausschlafen!"

„Vielleicht haben die abends beim Wein so zugelangt und sich die Hucke voll geladen, dass sie die Kirchenglocken gar nicht hören." Aber uns störten sie gewaltig!

Das merkte ich an der unruhigen Rekelei neben mir im Bett. Dass Geläut ging ihm wohl auch mächtig auf den Keks. Nicht aufregen, ermahnte ich mich wieder, es bringt nichts, und damit ließ ich das Unvermeidliche über mich ergehen und schlief tatsächlich wieder ein. Erst kurz vor acht, als die Glocken sich mächtig ins Zeug legten und das Geläut bis weit über den Ort hinweg tönte, um die Leute zum Morgengebet in die Kirche zu rufen, wurde ich wieder wach.

„Hast du gut geschlafen Liebling?", fragte eine besorgte Stimme neben mir?

Auch meinen Liebsten hatten die Glocken endgültig aus dem Schlaf gerissen. Kein Wunder, bei dem Lärm. Wir standen nicht sofort auf, gönnten uns noch eine halbe Stunde Nachruhe, um uns zu sammeln. Dann wurde es aber langsam Zeit ins Bad zu gehen und sich in die Klamotten zu werfen. Das Frühstück, das nur bis zehn Uhr serviert wurde, wartete auf uns. Auf keinen Fall wollten wir uns das entgehen lassen!

Die Dusche hatte gut getan und unsere Lebensgeister wieder geweckt. Wir begaben uns eine Etage tiefer in den Frühstücksraum.

Schon am gestrigen Abend und in der Nacht, als wir öfters die Wendeltreppe, die sehr schmal und von dicken Wänden umgeben war, rauf und runter gelaufen waren, ist es uns aufgefallen, dass das Gebäude, in dem wir die Nacht verbracht hatten, sehr alt sein musste. Beim Frühstück erfuhren wir, dass es aus dem fünfzehnten Jahrhundert stammte. Das sahen wir auch an den dicken Mauern und an den kleinen, originellen Fenstern im Frühstücksraum.

Das Frühstück war ausgezeichnet und tat uns sehr gut. Wir saßen mit mehreren, sehr netten Leuten am Tisch, die ebenfalls auf der Geburtstagsfeier unseres Freundes waren, die wir dort aber nicht gesehen hatten. Die Unterhaltung mit Ihnen war sehr angenehm.

Unseren kleinen Übernachtungskoffer hatten wir schon vor dem Frühstück gepackt. Nachdem wir abgerechnet und unseren Koffer im Auto verstaut hatten, ging es ab in den Urlaub.

Meine Befürchtungen, dass ich erst mal für Tage erledigt war, hatten sich zu meinem größten Erstaunen und zum Glück nicht bewahrheitet! Wir verlebten wunderbare Ferientage am Tegernsee.

## DER KIRCHTURM

Ja, wir gehören zu denen, die gerne mit ihrem Auto in den Urlaub fahren. Wir haben keinen großen Schlitten, in unserem kleinen Mittelklassewagen ist das Reisen sehr angenehm. Wir machen es uns auf unseren Fahrten so gemütlich wie eben möglich. Zudem können wir halten, wann und wo wir wollen. Ist man dagegen mit einer Reisegesellschaft im Bus unterwegs, ist man doch sehr gebunden und kann nur aussteigen, wenn der Busfahrer es für nötig hält. Wir können unsere Route so wählen und bestimmen, wie wir gelaunt sind. Es kann vorkommen, dass wir ganz wo anders landen, als wir eigentlich vorhatten.
Allerdings, ist es auf der Autobahn auch nicht immer so toll, das muss ich fairer Weise schon zugeben. Neulich standen wir sage und schreibe drei Stunden im Stau. Die Autobahn war durch einen Unfall komplett gesperrt. Wehe, wenn man dann mit einer schwachen Blase unterwegs ist! Das kann für die weibliche Person dann schon mal schnell zur Qual werden!
Dann kommt Stress auf!
In der letzten Zeit hatten wir, sage und schreibe, gleich zwei Mal das Vergnügen mit einem Stau. Für die Herren der Schöpfung und auch für die kleineren Kinder ist das relativ unkompliziert. Die stellen, oder setzen sich einfach an den Rand der Fahrbahn, oder verschwinden mal eben hinter einem Gebüsch.

Ja, ein einigermaßen dichter Busch ginge ja noch für die Damen. Der müsste allerdings schon sehr dicht an der Fahrbahn stehen. Ich kann mir gut vorstellen, dass hinter so einem Busch einiges los wäre. Ein idealer Treffpunkt für Leute mit einem Blasenproblem!

Aber so ein Gebüsch kannst du suchen!

Manchmal geht es ja auch bei einem Stau ganz plötzlich weiter, dann hängt man hinter so einem Strauch, kommt wieder hervor, und das Auto ist weg. Oder, du machst gerade dein Geschäft und plötzlich ertönt ein nicht zu überhörendes, kräftiges Hupkonzert, weil dein Liebster ohne dich nicht weiterfahren möchte, aber alle anderen hinter ihm nicht begreifen, warum der da vorne vor sich hin pennt und alle anderen blockiert.

Da bleibt nur eines, man muss einfach versuchen auszuhalten, oder man ist erfinderisch.

Ausgeschlafen und möglichst ganz ohne Stress geht es bei uns am Tag der Reise los. Das ist viel entspannter, als wenn man vielleicht schon um fünf Uhr morgens pünktlich an den Busparkplatz, oder zum Flughafen hetzen muss. Bei unserer Abfahrt, haben wir schon ein bestimmtes Ziel vor Augen, aber gebucht wird nur in den seltensten Fällen. Meistens fahren wir so los! Bis jetzt hat das immer gut funktioniert und wir haben immer ein gutes Quartier gefunden. Es kam allerdings schon vor, dass nicht alle mit der Wahl des Zimmers einverstanden waren, dann wurde ganz einfach weitergesucht.

Auch, als unsere Kinder noch klein waren, haben wir das schon so praktiziert. Während wir heute meistens wissen, welche Unterkunft wir ansteuern wollen, sind wir damals einfach drauflos gefahren und haben erst am Abend versucht eine Unterkunft zu finden. Das fanden unsere Kinder immer sehr spannend, wenn das mit der Zimmersuche nicht so richtig klappte. Ja, dann wurden wir beide doch leicht nervös und die Unterhaltung im Auto war schon sehr gereizt. Hatten wir dann endlich eine Bleibe gefunden, wollte doch unser damals zweijähriger Sohn absolut nicht in das Zimmer gehen! Wir konnten ihm noch so gut zureden, da war nichts zu machen! Für ein etwas längeres Geschrei hatten wir keine Nerven, also suchten wir ein anderes Quartier. Mit viel Glück fanden wir in kürzester Zeit, ganz in der Nähe etwas Neues. Ich muss schon gerechter Weise zugeben, er hatte damals recht! Die erste Unterkunft war wirklich nichts! Das Zimmer, in das uns die Wirtin geführt hatte, war sehr dunkel und äußerst ungemütlich. Na ja, es sollte ja auch nur für eine Nacht sein und für unseren damaligen, sehr knappen Geldbeutel, schien es in Ordnung.

Die neue Unterkunft hingegen, war sehr gemütlich und angenehm. Die Vermieter waren äußerst nett und freundlich. Wir verstanden uns mit ihnen auf Anhieb. Da das Wetter so gut war, entschlossen wir uns sogar kurzfristig, unseren Urlaub um ein paar Tage zu verlängern. Ganz in der Nähe gab es einen kleinen See, hier konnten wir uns mit den Kindern den ganzen Tag aufhalten und am Abend tollten sie fröhlich und ausgelassen im Garten, auf der gepflegten Wiese, direkt am Haus unserer Vermieter herum. Das war schon schön.

Ja, das hatten wir doch glatt unserem kleinen Trotzkopf zu verdanken.

Oft sind wir früher auch mit unseren Kindern nach dem damaligen Jugoslawien gefahren. Da war die Suche nach einem Zimmer schon manchmal ein kleines Abenteuer.

Aber, es hat immer geklappt.

Heute befanden wir uns nun auf der Rückreise von unserer Urlaubsreise aus Kroatien. In Kärnten hatten wir wieder die Reise unterbrochen und bei Johanna, wie schon in den vergangenen Jahren, als wir noch mit unseren Kinder unterwegs waren, übernachtet.

Die Grenze von Österreich nach Deutschland hatten wir schon etwas länger überschritten. Mein Schatz, mit dem das Autofahren immer wieder ein Vergnügen ist und mir immer wieder großen Spaß macht, hatte schon ein paar Mal, mit besorgtem Blick, auf die Anzeigetafel geschaut. Er brauchte bald eine Tankstelle!

Tanken an einer Raststätte, an der Autobahn, kam für ihn absolut nicht in Frage.

Das war zu teuer!

Obwohl man mit ihm Pferde stehlen, ja immer alles so wunderbar besprechen konnte, und er außergewöhnlich verständnisvoll, wirklich der liebenswerteste und absolut rücksichtsvollste Ehegatte ist!

Welcher Mann geht schon gerne stundenlang mit seiner Frau in der Stadt shoppen?

Meiner!

Ruhig steht er neben mir und berät mich, ohne dabei auch nur die geringsten Geduld zu verlieren.

Ja, wenn ich mal nicht das richtige finde, fordert er mich sogar noch auf ein anderes Geschäfte aufzusuchen!

Welcher Mann macht das schon?

Meiner, ja, er ist ein absoluter Traummann!

Ich weiß, ich darf und will mich auch wirklich nicht über ihn beschweren!

Aber manchmal kommt doch so eine gewisse Sturheit bei ihm zu tage, und tanken auf der Autobahn, das geht beim besten Willen nicht!

Ich sah ja ein, dass der Sprit bei einer Tankstelle, die fast immer zu einer Raststätte an der Autobahn gehörte, zu teuer war. Meistens hatte ich ja auch nichts dagegen, wenn wir deswegen einen kleinen Umweg machen mussten. Allerdings gut fand ich es nicht und hin und wieder gab es da von mir auch schon einen ziemlichen Protest, das muss ich fairer Weise schon zugeben.

Aber dieses eine Mal, in diesem besonderen Falle, plädierte ich für eine Ausnahme. Mich plagten, sobald ich etwas länger im Auto saß, unangenehme Schmerzen in der Schulter. Die Schmerzen zogen bis in die Fingerspitzen. Ich wusste im Moment schon überhaupt nicht mehr, wie ich meinen schmerzenden Arm legen sollte. Ich versuchte alle möglichen Positionen, es half nichts, ich musste die Schmerzen ertragen.

Vorsichtig, um ihn bloß nicht zu verärgern, versuchte ich meinen Liebsten heute davon zu überzeugen, dieses eine Mal eine Ausnahme zu machen und auf der Autobahn zu tanken!

Doch, wie konnte ich bloß nur so etwas von ihm verlangen! Kaum hatte ich es ausgesprochen, da musste ich mir von ihm erst mal wieder einen längeren Vortrag anhören, wie teuer das Tanken auf der Autobahn doch ist!

Nein, er ließ nicht den geringsten Einwand von mir zu!

Das kommt nicht in Frage, fertig aus!

Im Stillen pflegte ich noch einen ganz kleinen Schimmer Hoffnung, vielleicht würde er doch noch eine Ausnahme machen.

Aber dann, ganz plötzlich, ohne jegliche Ankündigung oder Vorwarnung, so schnell hatte ich auch nicht damit gerechnet, bog er von der Autobahn ab. Innerlich war ich ganz ruhig und sagte nichts! Es hatte ja sowieso keinen Zweck zu maulen, damit würde er nur noch dickköpfiger werden. Ihn jetzt noch umzustimmen war völlig aussichtslos.

Wir landeten auf einer anderen Autobahn und nicht auf der Land- oder Bundesstraße, die zu einem Ort, mit der gewünschten, und wohl auch dringend benötigten Tankstelle führte. Irgendetwas war schief gelaufen, dass merkte ich natürlich sofort. Ich sagte nichts, aber innerlich war ich doch sehr ungehalten.

Mein Schatz, dem das Missgeschick natürlich auch nicht verborgen geblieben war, schaute mich nur kurz von der Seite an, dabei entging ihm nicht mein vorwurfsvollen Blick. In strengem Ton, der keinen Widerspruch duldete sagte er und dabei zeigte er mit seinem Finger auf seine Anzeigetafel!

„Ich muss tanken, oder ist es dir vielleicht lieber, wenn wir gleich auf der Autobahn stehen bleiben!"

„Wo, bitte schön, willst du denn hier tanken, wir fahren doch jetzt in eine ganz falsche Richtung!", entgegnete ich aufgebracht!

Ich war wütend.

„Reg dich nicht auf, wir fahren gleich wieder ab!" bekam ich zu hören. Seine Stimme war nicht besonders freundlich, auch er war gereizt, aber einen Fehler eingestehen, nein, das kam ja gar nicht in Frage, das war im Moment nicht drin.

Als wir dann endlich, wenn man darauf wartet dauert ja alles umso länger, an der nächsten Abfahrt ankamen, um dann gleich wieder auf der anderen Seite auf die Autobahn aufzufahren, um wieder zurückzukommen, war schon eine geraume Zeit verstrichen.

„Woher", hatte ich unterwegs genervt gefragt, „weißt du überhaupt, dass es dort eine Tankstelle gibt?"

„Ich habe, bevor wir abgefahren sind, einen Kirchturm gesehen und wo ein Kirchturm ist, gibt es auch eine Tankstelle!", wurde ich belehrt.

Er ärgerte sich mächtig über seinen Fehler, das hörte ich an seinem Ton. Ich wollte ihn noch überreden, gleich wieder auf die andere Autobahn, Richtung Heimat zu fahren, aber da hatte ich mit Zitronen gehandelt, das kam ja nun gar nicht in die Tüte. Es war zwecklos, mein Schatz hatte sich nun einmal den Kirchturm in den Kopf gesetzt.

„Nein, kommt nicht in Frage, gleich sind wir ja da, basta!", protestierte er.

Ich war sauer und mit meiner Geduld am Ende. Meinen schmerzenden Arm versuchte ich immer wieder in eine andere Position zu bringen und hoffte, dass wir, die ersehnte Tankstelle möglichst schnell erreichten.

Schließlich waren wir zurück, mein Liebster fuhr von der Autobahn ab und wir landeten an einer Kreuzung. Die Ampel zeigte rot, wir mussten halten. Während wir warteten, dass die Ampel auf grün umschlug, sah ich in sehr weiter Ferne den

Kirchturm liegen. Ein Hinweisschild am Rand der Fahrbahn wies darauf hin, dass es, direkt uns gegenüber zu einem kleineren Ort ging.

„Warum fährst du nicht hier, an der Kreuzung geradeaus, dort ist doch ein kleiner Ort, vielleicht ist dort eine Tankstelle?", wagte ich ihn, in ruhigem Ton zu überzeugen.

„Sei doch bloß nicht so aufgeregt!", meinte mein Gatte ärgerlich. „Wir sind gleich da!"

Er bog, als die Ampel umschlug, in die Straße, die vermutlich Richtung Kirchturm führte, ein.

Wir waren ein kurzes Stück gefahren, als wir an eine Baustelle kamen. Hier war die Straße vollkommen gesperrt!

Wir hätten umkehren können, aber nein, meine Ehegatte hatte sich nun mal den Kirchturm in den Kopf gesetzt, dort wollte er hin!

Also bogen wir in die Umgehungsstraße ein.

Wir fuhren und fuhren, kamen an wunderschönen Landschaften vorbei. Die Straße wollte und wollte kein Ende nehmen. Irgendwann, waren wir zehn, oder zwanzig, oder gar dreißig Minuten gefahren, ich weiß es nicht, auf jeden Fall war es ein Riesenumweg, landeten wir endlich in dem kleinen, verwunschenen Nest mit dem lang ersehnten Kirchturm, der nun in seiner ganzen Pracht vor uns lag.

Wo aber war die Tankstelle?

Es gab ein paar Häuser, die in der Nähe der Kirche standen, aber sonst gab es nichts! Von einer Tankstelle war weit und breit nichts zu sehen!

Mein Liebster, der schon während der Fahrt sehr ruhig geworden war machte, als wir ankamen, ein langes, betretenes Gesicht.

Ich hatte während der Fahrt nicht viel geredet, als wir aber dann endlich am Ziel waren und ich keine Tankstelle vorfanden, war ich wütend!
Ich konnte nicht mehr an mich halten und ließ meinem aufgestauten Frust freie Bahn.
„Ja nun, dass kann ja wohl mal passieren, wie kann ich wissen, dass wir eine Umgehungsstraße fahren müssen!", meinte mein Bester gelassen.

Es blieb uns nichts anderes übrig, wir mussten die lange Umgehungsstraße wieder zurückfahren und gelangten in den Ort, auf den ich, als wir an der Kreuzung standen, hingewiesen hatte.
Welch ein Glück, dort gab es eine Tankstelle!
Trotz allem Unmut und Ärger atmete ich sehr erleichtert auf! Ich brauchte auch nichts weiter sagen. Als mein Liebster meinen triumphierenden Blick sah, sagte er gönnerhaft.
„Naja, da hast du ausnahmsweise mal Recht gehabt Liebling!"
Ich antwortete, „ wie sagte doch neulich ein guter Bekannter, der wohlmöglich auch schon einige Erfahrungen gemacht hat zu mir!
„Frauen haben immer Recht!"

# GASTFREUNDSCHAFT
oder der ungebetene Gast

Seit knapp einer Woche haben wir einen Gast!
Eine Brieftaube, die anscheinend ihren Weg zurück
in ihren Schlag nicht mehr finden kann. Möglicherweise ist sie ja auch nur müde und will sich nur bei
uns ein wenig ausruhen. Ja, sie hat es sich bei uns
oben, auf der Loggia, bequem gemacht.
Als Dankeschön für das frische Wasser, die Körner
und die Haferflocken, die mein Schatz ihr täglich
frisch serviert, hinterlässt sie auf der blech-
ummantelten Brüstung unserer Loggia, einige
Hinterlassenschaften in Form von kleinen, bräun-
lichen Häufchen.
Inzwischen machen sich auch schon in unserem
Schlafzimmer, durch dessen Tür wir auf die Loggia
gelangen, die ersten Anzeichen eines gefiederten
Besuchers auf dem Teppichboden bemerkbar. Mein
Schatz hat nicht bedacht, dass einige diverse
Häufchen auch auf dem Boden der Loggia landen
können. Wenn er nun die Loggia betritt, stehen dort
extra Schuhe für ihn bereit.
Was man aus Gastfreundschaft nicht alles tut!

Um unseren ungebetenen Gast loszuwerden, denn
langsam ist er lästig, hat er auch schon einige
Versuche unternommen, die aber leider alle miss-
glückt sind. Er wollte sie, wie man ihm am Telefon
von einem Spezialisten geraten hatte, mit den
Händen fangen, in einen, am Deckel durch-

löcherten Schuhkarton stecken, um sie dann dem Taubenzüchter zu übergeben.

Das stellte sich aber beim Gespräch am Telefon mit dem Züchter, viel einfacher dar, als es letztendlich ist. Die Taube war wesentlich schneller als mein Schatz. Kaum hatte er sie gegriffen, flutschte sie ihm schon aus den Händen und suchte erschreckt das Weite, um kurze Zeit später wieder ganz unverblümt bei uns vorbeizuschauen.

Nach den ersten fehlgeschlagenen Versuchen, holte sich mein Liebster erst mal Rat bei der Polizei.

Alle loben ihn, dass er die Taube so gut versorgt und ihr mehrmals am Tag Körner und Wasser vorsetzt. Aber jeder rät ihm das gleiche, er muss die Taube fangen, damit er die Nummern, die auf den blauen und gelben Ringen stehen, lesen kann. Die Ringe trägt sie am Fußgelenk. Nur so lässt sich ermitteln, wer der Eigentümer ist.

Wenn ich meinen Liebsten suche, brauche ich nur in unser Schlafzimmer gehen, dort schaut er angestrengt durch die Glasscheibe der Tür, um die Taube, die eben wieder heran geschwebt kommt, zu beobachten. Als sie schließlich Anstalten macht sich auf die Brüstung zu setzen, öffnet er langsam die Tür und schiebt sich vorsichtig hinaus. Bloß keine Unruhe aufkommen lassen! Die Taube lässt sich nicht im geringsten stören. Sie hat mächtigen Kohldampf, ein kleiner Flügelschlag und schon hockt sie auf der Brüstung. Nun gilt es, den günstigsten Moment abzuwarten, um sie dann endgültig zu überlisten. Während die Taube ihre frisch servierten Körner mit sichtlichem Genuss pickt, man merkt schon dass sie hungrig ist, blickt er gespannt auf sie runter.

„Jetzt!", ganz langsam geht er einen Schritt nach vorne, blitzschnell bückt er sich und im gleichen Moment greift er zu.

Ich höre, auf der Terrasse stehend, ein aufgeregtes aufflattern, während mein Schatz enttäuscht ruft, „So ein Schiet aber auch!"

Wieder Mal war die Taube flinker!

So schnell gibt er aber nicht auf!

„Warte nur, ich werde dich schon noch kriegen!", ruft er der Taube hinterher und begibt sich in den Keller.

Er hat sich eine neue Strategie ausgedacht.

An der Loggia befinden sich an beiden Enden kleine Nischen. Ab jetzt bekommt die Taube ihr Futter nicht mehr auf der Brüstung serviert. Mein Liebster hat sich eine kleine Schüssel aus Plastik organisiert. Die wiederum stellt er mit dem Futter in einen alten Wäschekorb aus Kunststoff. Der Wäschekorb kommt nun direkt auf den Boden der Nische, die sich neben der Schlafzimmertür befindet.

Über der Nische, am Rand des schrägen Daches, hat er mit einigen Nägeln ein Netzt befestigt.

Derweil ist die Taube, deren Hunger, nach dem missglückten Fangversuch noch nicht gestillt ist, unverdrossen wieder heran geflogen, nimmt auf er Brüstung Platz, trippelt nervös ein wenig hin und her, während sie das Geschehen in der Nische sehr skeptisch beobachtet.

Ob sie mit dem neuen Futterplatz einverstanden ist?

Es sieht nicht ganz so aus!

Vielleicht dauert ihr das Gehämmer mit den Nägeln auch zu lange. Sie fliegt erst mal wieder hoch und dreht ein paar Runden über unseren Dächern. Doch der Hunger treibt sie wieder zurück.

Inzwischen ist der Umbau fertiggestellt.

Mein Schatz hat sich etwas zurückgezogen, steht aber direkt neben der Nische in Warteposition und beobachtet die Taube, die auf der Brüstung wieder gelandet ist. Anscheinend hat sie mächtigen Hunger, denn sie lässt sich nicht lange bitten, hüpft kurzerhand auf den Boden der Loggia und ehe wir uns versehen, hat sie im Korb Platz genommen.

Ich stehe derweil gespannt im Schlafzimmer hinter der Tür und drücke die Daumen, dass es dieses Mal klappt!

Schnell hat die Taube das Futter gefunden und fängt an zu picken. Das ist der Moment auf den mein Liebster gewartet hat!

Blitzschnell lässt er das Netz fallen.

Mit einem mächtigen Schreck im Gefieder, flattert die Taube aufgeregt hoch, findet eine kleine Lücke am Rande des Netzes und schon ist sie entwischt.

Auf dem Gesicht meines Schatzes macht sich pure Enttäuschung breit.

Ja, ja, die Taube ist ganz schön clever!

Warum sich fangen lassen, wenn man täglich seine Mahlzeit neu und ganz kostenlos und ohne Mühe serviert bekommt.

Nun sitzt der liebste aller Ehemänner wieder im Keller! Er ist auf die Idee gekommen einen Kescher zu bauen. Während er sich im Keller abplagt, sitzt unser Gast wieder gemütlich in dem

Korb und pickt genüsslich die leckeren Körner und kostet von dem frischen Wasser. Heute Morgen ist ihr Napf wieder neu gefüllt worden. Das arme Tier hungern lassen, geht nicht!

Als sie satt ist, hüpft sie auf die Brüstung, plustert sich auf, ruht ein wenig, um dann einen ausgiebigen Rundflug über unsere hübsche, kleine Stadt zu machen. Bei dem schönen Wetter, es ist Sommer, angenehm warm und die Sonne lacht von einem wolkenlosen, blauen Himmel, zudem haben wir heute Sonntag, muss das wohl ein wunderbares Vergnügen sein.

Ob sie gar kein Heimweh hat?

Ist mein Göttergatte nicht im Keller oder auf der Loggia, steht er im Garten und blickt nach oben. Im Moment ist unser Besucher ausgeflogen. Als er nach einer Weile zurückkommt, soll nun der neue Plan in Angriff genommen werden.

Flugs greift er nach diesem komische Ding, den er im Keller zusammen gebastelt hat, der ein Kescher sein soll. Er begibt sich wieder auf die Loggia.

Die Taube hat sich schnell an die veränderte Präsentation des Futters gewöhnt und ist flugs, ohne Umschweife, in den Korb gehüpft, um ihr verdientes Mittagsmahl einzunehmen.

Geduldig wartet mein Liebster einen Moment. Er steht mit dem neu gebasteltem Kescher in der Hand, in der geöffneten Schlafzimmertür.

Jetzt, vorsichtig hebt er den Arm, zögert noch eine Sekunde und dann schlägt er zu!

Wumms!

Ich sitze unten, sehr gemütlich im Garten in meinem bequemen Liegestuhl und schaue gespannt was wohl passiert, nach oben zur Loggia.

Wieder mal höre ich aufgeregtes Flügelschlagen. Und dann sehe ich der sehr eilig entschwindenden Taube hinterher.
Mal wieder Pech gehabt!

Sichtlich sauer und genervt kommt mein Ehegatte in den Garten. Für heute hat er die Faxen dicke, es reicht ihm!
Das Wetter ist auch zu schön, um auf Taubenfang zu gehen. Das sollte man doch lieber anders nutzen!
Man sollte sich die Zeitung holen, sich in einen gemütlichen Gartenstuhl setzen und es sich, so richtig nach Herzenslust bequem machen!
Gesagt, getan!
Doch die Sache mit der Taube lässt ihm einfach keine Ruhe. Während wir gemütlich bei einer Tasse Kaffee sitzen und den Sonntag geniessen, überlegt er, was er vielleicht doch noch tun könnte.
„Heute Abend!", verkündet er mir dann siegessicher, „ unternehme ich einen neuen Versuch!"
Seinen neuen Plan teilt er mir dann auch sogleich mit.
„ Heute Abend bekommt sie kein Futter!"
„Vielleicht!", meint er, „ haut sie ja dann von ganz alleine ab!"

Am nächsten Morgen, es ist noch sehr früh, es kommt mir vor wie mitten in der Nacht, werde ich durch ein seltsames Geräusch geweckt. Als ich auf die Uhr schaue stelle ich fest, dass es tatsächlich erst kurz nach vier ist. Es hört sich an, als wenn jemand mit den Flügeln heftig an die Scheibe der Schlafzimmertür schlägt.
„Die Taube," ist mein erster Gedanke.

„Sie hat Hunger!"

Gestern Abend hatte sie ja nichts mehr bekommen. Mein Schatz liegt neben mir und bekommt von all dem nichts mit.

Er schläft tief und fest!

Sehr vorsichtig, damit er nicht erschrickt, hebe ich meinen Arm zu ihm rüber und während meine Finger ihn behutsam am Arm berühren raune ich ihm leise zu, „die Taube schlägt an unsere Scheibe!"

Als er Taube hört richtet er sich sofort auf, springt aus dem Bett und geht zur Tür. Mit einem Ruck reißt er das Rollo, das unser Schlafzimmer angenehm verdunkelt, hoch!

Blendendes Licht fällt mir in die Augen.

Durch das hochziehen des Rollos bekommt die Taube anscheinend einen gehörigen Schreck, er sieht gerade noch wie sie eilig davon schwebt.

Natürlich, sie hat Hunger!

Das Schälchen im Korb ist leer!


In einer Fuge, zwischen der Tür und den Bodenplatten der Loggia, hatte sich Lavendel ausgesät. Aus purer Verzweiflung, dass sie in dem Korb nicht die übliche Ration Körner fand, hat sie wohl an dem Lavendel rum gezupft und ist dabei mit ihren Flügeln an unsere Schlafzimmerscheibe gestoßen.

Voll genervt und sauer über die Ruhestörung zieht mein Gatte das Rollo wieder runter, legt sich ins Bett und während wir versuchen noch eine Runde zu schlafen, sitzt das Viech hoch oben auf dem Dach und fängt an zu gurren.

„Auch das noch!", sage ich ärgerlich, „ da haben wir uns ja was richtig Tolles an Land gezogen!"

Nachdem wir tatsächlich doch noch mal eingeschlafen sind, fühlen wir uns beträchtlich
wohler. Langsam stehen wir auf und begeben uns
ins Bad.
Beim Frühstück, ich merke schon die ganze Zeit,
dass meinem Schatz bei dem Gedanken, das Tier
hungern zu lassen, nicht ganz wohl ist. Der arme
Vogel tut ihm leid. Ja, ich weiß, er ist ein großer
Tierliebhaber und kann Tiere einfach nicht leiden
sehen. Schnell flitzt er in den Keller und holt das
Futter. Gierig stürzt sich die Taube über die Körner
her. War wohl doch nicht die richtige Methode sie
hungern zu lassen, um sie loszuwerden!
Wir setzen unser Frühstück nun sehr beruhigt und
ganz gemütlich fort.
Es kommt ihm ein neuer Gedanke!

In der Nische, oben auf unserer Loggia, steht hinter
dem Korb mit dem Futter auch noch ein
Gartenstuhl aus Holz. Den schiebt er jetzt ganz
nach hinten an die Wand und stellt den Korb mit
dem Futter darauf. Seitlich baumelt noch das mit
den Nägeln angebrachte Netz.
Neugierig beäugt die Taube aus einiger Entfernung
das Geschehen. Sie hat anscheinend schon wieder
Appetit auf die leckeren Körner bekommen!
Erst, als sich mein Schatz wieder ins Schlafzimmer
zurückgezogen hat, trippelt sie vorsichtig näher,
und nach einigem zögern hüpft sie in den Korb.
Nun ist die Stunde der Wahrheit da!
Mein Schatz fühlt sich am Ziel angekommen!
Während er äußerst vorsichtig und langsam die
Loggia betritt, frisst die Taube seelenruhig weiter.
Sie lässt sich gar nicht beirren, sie hat großen
Appetit.

Jetzt, nur noch einen kleinen Augenblick, dann lässt er blitzschnell das Netz runtersausen.

Es klappt, er hat sie tatsächlich gefangen!

Aufgeregt flattert die Taube hin und her.

Krampfhaft versucht mein Schatz das Netz zu halten, damit es überall dicht ist, doch nur ein klitzekleiner, unachtsamer Moment und schwupp ist die Taube entwischt.

Schimpfend und fluchend höre ich meinen Göttergatten die Treppe runter kommen. Tierfreund hin Tierfreund her, jetzt reicht es aber wirklich!

Langsam mehren sich auf unserer Loggia die kleinen, braunen Gebilde, die die Taube uns freundlicherweise hinterlässt. Sie müssen erst mal entfernt werden. Sogar auf unserer neuen gelben Markise sind schon einige dunkle Flecken zu sehen. Wir entschließen uns, sie vorläufig nicht mehr rauszudrehen und nehmen einige Grad Temperatur mehr im Schlafzimmer dafür in Kauf. Futter hinstreuen und Wasser geben geht ja noch, aber den ekelhaften Taubenschiet entfernen, ist eine andere Sache. Wir benötigen einen großen Eimer Wasser und eine Bürste und schon geht es an die Arbeit.

Inzwischen gibt es eine neue Strategie.

Bis heute Abend bleibt der Napf mit dem Futter wieder leer!

Dann muss der Taubenfang endlich gelingen.

Aufgeben ist nicht sein Ding!

Am Abend holt er wieder den Hammer und weitere Nägel aus dem Keller. Dann macht er sich erneut an die Arbeit.

Stück für Stück wird das Netzt nun zuerst an der Dachgaube und dann am Holzrand der Loggia, bis hinab auf den Boden befestigt. Ist die Taube erst mal in dem Korb gibt es dieses Mal kein Entrinnen mehr!

Während er fleißig hämmert, kommt die Taube neugierig wieder heran geflogen. Inzwischen ist sie schon sehr zutraulich geworden. Sie setzt sich auf die Brüstung und beäugt neugierig was da so vor sich geht, dabei dreht sie ihren kleinen Kopf ein wenig ruckartig hin und her.

Die Aktion dauert ihr zu lange!

Sie hat mal wieder Kohldampf geschoben, sie ist anscheinend sehr hungrig und möchte so schnell wie möglich in den Korb, an ihr Futter.

Langsam wird sie ungeduldig!

Sie hüpft direkt auf den Boden der Loggia, direkt hinter die Füße, meines so fleißig hämmernden Schatzes. Eilig trippelt sie hin und her.

Zwischendurch rupft sie genervt an dem Grass und dem Lavendel, der in dem mageren Boden, der schmalen Fugen zwischen den Betonplatten schon zu blühen an gefangen hat.

Mein Liebster, der die Ungeduld der Taube gut verstehen kann, wer hungert schon gerne, spricht beruhigend auf sie ein.

„ Alles ist gut, gleich bin ich fertig!"

Dann hat er es geschafft!

Das Netz ist jetzt an beiden Seiten befestigt. Nirgends ist eine Lücke, nur noch am Boden befindet sich eine kleine Öffnung.

Ohne zu warten, bis er die Loggia verlassen hat, nein, es stört sie sogar nicht im geringsten, dass er stehen bleibt. Haste was kannste, ganz gemütlich hüpft die Taube, ohne sich einen Zwang anzutun an

seinen Füßen vorbei, schlüpft unter den schmalen Rand zwischen Boden und Netz hindurch, und nimmt ganz unbekümmert in dem Korb, neben dem Schälchen, ihren Platz ein. Genüsslich macht sie sich über die Körner her. Sie lässt sich auch nicht im geringsten stören, als er die untere Öffnung zumacht. Ganz in Ruhe kann er arbeiten.
Nun gibt es kein Entkommen mehr!
Jetzt ist es geschafft!

Während die Taube gierig frisst, reiche ich ihm das Telefon. Die Nummer des Taubenzüchters ist schnell gewählt. Er verspricht sofort zu kommen. Bis zu seiner Ankunft spricht mein Taubenfänger sehr liebevoll und beruhigend auf die Taube ein, die natürlich, nachdem sie sich satt gefressen hat, sofort wieder davon fliegen möchte, aber, dieses Mal hat sie Pech gehabt!
Der Taubenzüchter kommt, ein gekonnter Griff und er hält sie in den Händen.
„Tschüß, mach's gut!"
In der nächsten Zeit war es ungewohnt ruhig bei uns.

## DIE silberne HOCHZEIT

Endlich war es so weit!
Seit Wochen freute ich mich schon auf die silberne
Hochzeit von Hänschen und Uschi, die gleichzeitig
auch noch auf den sechzigsten Geburtstag von
Heinz fiel.
Hänschen, dessen richtiger Name Heinz war, war
der beste Freund von meinem Schatz. Und Uschi
war seine bessere Hälfte.

Heute nun, war der besagte Tag gekommen.
Wir packten unseren kleinen Übernachtungskoffer,
sowie die Geschenke ein, und schon konnte die
Fahrt losgehen.
Die Stadt, in der unsere Freunde wohnen, war ungefähr hundert Kilometer von uns entfernt. Ganz
gemütlich machten wir uns auf den Weg und hatten
unser Ziel schon nach einer Stunde erreicht.

Heinz hatte für uns, in der Nähe seines Zuhauses,
ein Zimmer in einem kleinen Hotel besorgt. Wir
waren schon sehr früh von zu Hause losgefahren.
Wer weiß, was einem unterwegs noch alles in die
Quere kommen konnte, denn wir mussten ein
längeres Stück Autobahn fahren. Es war Winter,
das Weihnachtsfest und Silvester lagen noch nicht
lange hinter uns. Im Moment war das Wetter gut,
das konnte sich um diese Jahreszeit aber schnell
ändern, das ging manchmal sehr fix! Heute wollten
wir kein Risiko eingehen und es uns, bevor die

Feier losging, in dem Zimmer noch ein wenig gemütlich machen.

Meistens ist man ja vor einer Fahrt doch immer etwas gestresst. Das trifft besonders für mich zu. Mein Schatz hingegen, ist da ganz anders, der ist fast immer sehr relaxt, die Ruhe in Person.

Gegen vier Uhr am Nachmittag hatten wir unser Ziel erreicht. Auch das Hotel war, ohne langes Suchen, sehr schnell gefunden. Erst um sechs Uhr am Abend sollten wir mit einem kleinen Bus abgeholt werden, der uns dann in das Restaurant, in dem die Feier statt finden sollte, brachte.

Das reservierte Zimmer war, wie wir bei unserer Ankunft feststellten, sehr gemütlich und kuschelig warm. Die Betten, auf die wir uns gleich legten, man muss ja mal ausprobieren, wie man den Rest der Nacht verbringen würde, waren sehr bequem. Ich freute mich schon jetzt darauf, wenn wir übernächtigt und kaputt in der Nacht hier wieder ankommen würden und uns dann schnell in die Federn werfen konnten. Dann wollten wir es uns so richtig nach Herzenslust bequem machen und bis in die Puppen schlafen.

Einigermassen ausgeschlafen und gut gelaunt ließen wir uns dann, am späten Vormittag, in dem gemütlichen Restaurant, das Frühstück servieren. Ja, ich wollte mich mal so richtig verwöhnen lassen.

Da hatte es Hänschen aber richtig gut mit uns gemeint und uns ein tolles Zimmer besorgt. In der Straße, in dem sich das Hotel befand, war es auch sehr ruhig. Kein Autolärm konnte uns stören, das war für mich immer besonders wichtig. Meinem

81

Schatz wäre es egal, den konnte so schnell nichts aus der Ruhe bringen. Wie ich vermutete, würde er heute sowieso etwas tiefer ins Glas blicken. Wahrscheinlich tiefer als ihm gut tat. Dann würde er sowieso nur so ins Bett sinken und gleich, bevor er überhaupt seine Beine im Bett hatte, einschlafen. Na ja, eine silberne Hochzeit feiert man ja nicht alle Tage, heute wollten wir die Feier so richtig genießen.

Kurz vor sechs Uhr, wir hatten uns richtig in Schale geworfen, ja, wir sahen beide schick aus, dafür hatte besonders ich mir viel Zeit genommen, stiefelten wir die sehr lange Treppe, die vom oberen Geschoß, in dem sich unser Zimmer befand nach unten und landeten im Erdgeschoss, im Empfangsraum. Ein kurzer Blick durch die Fensterscheibe nach draußen, zeigte uns, dass der kleine Bus schon da war. Der Fahrer des Busses stand auch schon an der Eingangstür. Er begrüßte uns freundlich und begleitete uns hinaus zum Bus, in dem schon mehrere Gäste saßen. Die Fahrt konnte losgehen.
Etwa dreißig Minuten vergingen, bis wir an dem Restaurant ankamen. Beim Betreten des Saales schallten uns schon sehr fröhliche Laute und Stimmen entgegen. Die gesamte Familie und viele Gäste waren schon anwesend. Als uns Heinz und Uschi erspähten, gab es ein sehr fröhliches Hallo. Leider sahen wir uns nur selten, deshalb war die Begrüßung auch besonders herzlich und liebevoll. Heinz stellte uns seiner Familie und seinen Gästen vor. Wir kannten nur wenige, aber auf der Feier würden wir uns schon kennen lernen.

Bei dem anschließenden festlichen, leckeren und ausgiebigen Essen, bei dem einige gut gemeinte Reden gehalten wurden, hatten wir uns schon mit einigen Gästen gut unterhalten. Danach setzte die Musik ein und das Tanzbein konnte geschwungen werden. Davon machten wir kräftig Gebrauch. Tanzen ist unsere Leidenschaft. Das machte allerdings auch eine durstig Kehle. Ich sah meinen Schatz denn auch sehr oft an der Bar stehen, wo lustig gescherzt, gelacht und geprostet wurde.

„Hoch die Gläser!", schallte es eben laut zu mir rüber. Ich unterhielt mich gerade mit Uschi und einigen anderen Damen sehr angeregt.

Womit mein Schatz mir gerade zuprostete, war natürlich kein Mineralwasser, oder ein anderes ähnliches, alkoholfreies Getränk.

Nein, er hatte Schnaps im Glas, den er sich dann auch gleich genüsslich in den Rachen kippte. Natürlich musste anschließend, sofort mit einem kräftigen Schluck Bier gespült werden. Heute war die Gelegenheit gut, heute brauchte er nicht mehr mit dem Auto fahren, das musste ausgenutzt werden. Heute konnte er sich so richtig, nach Herzenslust einen hinter die Binde kippen.

Wie ich sah, nutzte er das auch voll aus. Als ich ihn da so sitzen sah, seine Augen hatten schon so einen besonderen Glanz, kamen mir einige Bedenken. Ich wusste aus Erfahrung, dass ihm das absolut nicht bekam.


„Bitte Schatz, trink nicht so viel durcheinander, dass bekommt dir nicht!", hatte ich ihn schon einige Male ermahnt.

„Davon wird dir übel!"

„Liebling", an seiner Stimme merkte ich deutlich, dass er sich schon einen kleinen angesäuselt hatte, dann wurde er immer sehr anlehnungsbedürftig und fing an zu schmusen. Auch jetzt versuchte er mich auf seinen Schoß zu ziehen.

„Mach dir keine Sorgen, heute trinke ich nur Bier, sonst nichts!" Dabei drückte er mir einen dicken Schmatzer auf die Wange.

Um zwölf Uhr gab es wieder etwas Warmes zu essen. Dazu wurden Kuchen und Kaffee gereicht. Danach ging die Feier feucht fröhlich weiter. Die Stimmung war wirklich prima. Die Musiker, die für die Unterhaltung sorgten, waren einfach toll. Wir tanzten viel und unterhielten uns in den Pausen ausgezeichnet mit einigen netten Leuten, deren Bekanntschaft wir heute gemacht hatten.

Es war so gegen drei Uhr, als ich meinen Schatz an der Bar treffe. Seine Sprache war nicht mehr so einwandfrei, in seinen Augen lag so ein glasiger Schimmer, der mich aufhorchen ließ.

Ganz vorsichtig wollte ich ihm beibringen, dass es an der Zeit war zu gehen. Dass war jedoch, wie ich von früheren Feiern und Partys wusste, nicht ganz so einfach. Gerade dann, wenn es an der Zeit war aufzubrechen, war es auf der Feier doch besonders schön, da konnte man doch nicht nach Hause gehen. Wer weiß, wann es mal wieder so eine tolle Feier geben würde.

Oft standen wir schon fix und fertig angezogen zur Abfahrt bereit im Flur, oder an der Straße, während er sich noch ganz in Ruhe ein Getränk bestellte, um es dann seelenruhig und ganz gemütlich auszutrinken. Auch jetzt wollte er von Aufbruch nichts wissen.

„Liebling, mir geht es gut, ich bin ganz fit und noch gar nicht müde. Du brauchst dir wirklich keine Gedanken um mich machen!

Prost, auf Uschi und Hänschen!"

Seine Augen sahen mich, während er sprach und mir mit einem vollen Glas Schnaps zuprostete, Jemand hatte gerade wieder eine volle Runde ausgegeben, so seltsam an, und gleich fing er wieder an zu schmusen.

„Ist das nicht eine tolle Feier heute, wir bleiben noch ein bisschen, ich sehe die Beiden doch so selten", beschwor er mich.

Ich wusste, mehr durfte er jetzt nicht mehr haben und schon gar keinen Schnaps, der laufend rumgereicht wurde.

„Liebling sieh mal", versuchte er mich weiter zu überreden.

„Die sind doch alle soo nett hier, die wollen auch noch nicht, dass wir gehen!"

Ja, es war ziemlich schwierig, hatte er mal ein gewisses Quantum inne, ihn davon zu überzeugen, dass es genug sei. Es dauerte, bis ich ihn einigermaßen soweit hatte und an Aufbruch denken konnte. Es war auch höchste Zeit!

„Gleich fährt ein Bus, dort vorne im Flur stehen schon ein paar Leute, die nach Hause gebracht werden wollen, komm bitte!"

Mühsam zog ich ihn mit und merkte, dass er ganz schön schwankte.

Der Bus war, als wir nach draußen kamen, fast voll, aber wir bekamen noch einen Platz. Ich atmete erleichtert auf, als die Fahrt losging. Die

Stimmung, die schon während der Feier so toll war, setzte sich während der Fahrt weiter fort. Alle waren mehr oder weniger angeheitert. Es war sehr lustig. Es wurde gescherzt, gesungen und gelacht. Ich amüsierte mich köstlich, nur mein Liebster war so seltsam ruhig!

Sehr blass und recht stickum lehnte er während der Fahrt in der Ecke des Busses und musste heftig aufpassen, dass er nicht umkippte, sobald der Bus eine scharfe Kurve nahm. Ich machte mir so meine Gedanken und hoffte, dass wir bald an unserem Hotel ankamen, damit er schnell im Bett verschwinden konnte.

So schnell ging es aber nicht!

Einer nach dem anderen wurde zu Hause abgeliefert, nur wir nicht. Schließlich saßen wir beide alleine im Bus. Wir wurden durch viele Dörfer und Ortschaften, vorbei an Wiesen und Feldern kutschiert. Eine volle Stunde, in der mein Schatz drohte einzuschlafen, war seit unserer Abfahrt schon vergangen. Endlich kamen wir an unserem Hotel an. Der Bus hielt genau vorm Eingang.

„Wir sind da", sagte ich einigermaßen erleichtert zu ihm und zog ich ihn dabei heftig am Arm.

„Wir müssen aussteigen!", betonte ich.

„Komm jetzt bitte!"

Er blinzelte, stand auf und wollte aussteigen. Aber mit dem Gehen klappte es nicht mehr so richtig, das wollte er natürlich nicht zugeben. Zackig stieg er aus, taumelte und schoss direkt auf das Beet mit den Sträuchern und Blumen zu, das sich vor dem Eingang des Hotels befand. Ich war schon vor ihm ausgestiegen und konnte ihn, zusammen mit dem Fahrer, der neben dem Auto wartend stand, soeben noch auffangen, sonst wäre er doch glatt in einem Blumenbeet gelandet.

Der Fahrer war sehr freundlich, fasste ihn kräftig unter den Arm und brachte ihn bis zum Eingang, der von der Straße nur ein paar Meter entfernt war. Dann verabschiedete er sich von uns und fuhr weiter. Nun konnte ich sehen, wie ich allein mit ihm fertig wurde.

„Halte noch ein bisschen durch, gleich bist du im Bett," munterte ich ihn auf, während er an dem breiten Rahmen der Eingangstür lehnte und dabei fast drohte, umzukippen. Ich hielt ihn, so gut ich konnte am Arm fest, während ich krampfhaft versuchte, den Schlüssel aus der Tasche zu holen. Das war gar nicht so einfach.

Dann hatte ich es geschafft, ich hielt den Schlüssel in der Hand. Nun galt es noch die Tür zu öffnen. „Bitte bleib stehen!", ermahnte ich meinen taumelnden Ehegatten!

„Wenn ich dich festhalten muss, bekomme ich die Tür nicht auf!"

Irgendwie bekam ich auch das hin. Ich ließ die Tür, als wir im Eingang standen, gleich wieder ins Schloss fallen. Nun schob ich ihn durch die große Empfangshalle zu der großen Treppe hin, die ins obere Geschoß führte. Ich hatte so meine Mühe, denn so einen ausgewachsenen Mann zu stützen, war ganz schön beschwerlich. Innerlich war ich sauer, es ärgerte mich, dass er so tief ins Glas geschaut hatte.

Nun noch die ellenlange Treppe nach oben!

Es ging nicht anders, ich packte ihn hinten unter dem Kragen am Jackett und beförderte ihn irgendwie, Stück für Stück, die Treppe hinauf.

„Puh, geschafft, wir waren oben!"
Erleichtert atmete ich durch.
„Nun dauerte es nicht mehr lange bis wir uns ausstrecken können", ging es mir durch den Kopf. Ich freute mich auf mein kuschelig, warmes Bett. Während ich meinen Herzallerliebsten, der in diesem Moment nicht mehr mein Herzallerliebster war, an die Wand, direkt neben der Tür unseres Zimmers parkte, holte ich schnell den Schlüssel aus meiner Manteltasche.
„Bleib bloß stehen", ermahnte ich ihn noch in einem etwas strengeren Ton!
„Mach jetzt keine Faxen, aufheben kann ich dich nicht!"
Während er da lehnte und dabei ein wenig hin und her schwankte, entrang sich seiner Brust ein leises Stöhnen. Ihm war wohl mächtig übel!
„Gleich bin ich so weit!", versuchte ich ihn zu trösten, „gleich kannst du dich hinlegen!"
Ich war froh, dass ich es überhaupt so weit, ohne Komplikationen geschafft hatte, ihn die Treppe hinauf zu befördern. Jetzt keine Verzögerungen mehr, schnell steckte ich den Schlüssel ins Schloss und wollte aufschließen.
Es ging nicht!
Der Schlüssel drehte sich nur ein ganz klein wenig, dann blieb er stecken.
„Warum dreht sich dieser verdammte Schlüssel denn nicht!", sagte ich genervt.
Ich versuchte es wieder und wieder, es war wie verhext, er drehte sich einfach nicht.
Kreidebleich lehnte mein Ehegatte an der Wand und stöhnte.

„Ja, ja!", sagte ich ärgerlich, dass kommt davon, wenn man den Hals nicht voll bekommt! Das geschieht dir ganz recht!"

„Warum machst du denn die Tür nicht auf?", wollte er wissen.

„Es geht nicht!", entgegnete ich.

„Du wirst doch wohl noch eine Tür öffnen können!", maulte mein sonst so netter und äußerst liebenswürdiger Gatte.

Vermutlich war ihm sauschlecht und er brauchte dringend eine Toilette.

„Natürlich kann ich eine Tür öffnen, aber diese blöde Tür geht nicht auf! Der Schlüssel klemmt, er dreht sich nicht!", antwortete ich aufgebracht.

Jetzt war ich richtig sauer, und hatte im Moment überhaupt kein Verständnis für ihn!

Und nun noch das Theater mit diesem verdammten Schlüssel.

Wieder und wieder versuchte ich den Schlüssel im Schloss zu drehen, so schnell gab ich nicht auf, doch es war zwecklos, er rührte sich nicht.

„Jetzt lass mich mal!", verlangte er.

Ungeduldig hatte er mir zugesehen, schnellstmöglich wollte er ins Bett, das sich hinter dieser Tür befand.

Ehe ich mich versah, fiel er vornüber und landet auf seinen Knien, direkt vor der Zimmertür.

Sofort begann er den Schlüssel im Schloss umzudrehen, doch auch ihm gelang es nicht. Nach einer ganz kleinen Drehung blieb er stecken.

„So ein blöder Mist!", schimpfte er vor sich hin, während er sein Glück aufs Neue versuchte. Das Schloss ging nicht auf.

„Jetzt probiere ich es noch mal!", sagte ich schließlich aufgebracht, auch meine Geduld war am Ende. Ich war hundemüde und auch ich wollte endlich ins Bett! Ich beugte mich runter und versuchte es erneut.

Nichts!

Der Schlüssel drehte sich ein wenig und dann war Schluss.

Schließlich zog ich den Schlüssel ärgerlich aus dem Schloss, steckte ihn erneut rein und drehte, er blieb stecken!

„Das ist doch wie verhext!", schimpfte ich laut!"

„Das kann doch nicht mit rechten Dingen zugehen!"

Ratlos sahen wir uns an.

„Am Nachmittag und am Abend hatte es doch einwandfrei funktioniert!"

„Das ist doch merkwürdig!"

„Ich kapiere es einfach nicht!"

„ Was machen wir denn jetzt?"

Während ich sprach, sah ich zu, wie mein Liebster angestrengt bemüht war, wieder auf die Beine zu kommen, was gar nicht so einfach war. Dass Ganze sah so urkomisch aus, das ich innerlich lächeln musste, obwohl mir überhaupt nicht zum Lachen zu Mute war.

Als er dann endlich stand und meinen ratlosen Blick sah, meinte er, „wir gehen runter und sehen zu, dass wir eine Klingel finden, irgendeiner muss ja da sein!"


Stufe, für Stufe ging es langsam wieder nach unten. Ich ging hinter ihm und packte ihn wieder hinten am Schlawitchen, damit er bloß nicht ins Taumeln kam und die lange Treppe runter fiel.

Endlich, wir standen wieder im Empfangsraum. Irgendwo brannte ein kleines Licht, musste wohl ein Notlicht sein, damit die Gäste, die nachts ankamen, nicht ganz im Dunkeln standen.

Ich schaute mich um. Der Raum war sehr groß. An der rechten Seite befand sich der Empfang. Dort stand ein großer Schreibtisch und gleich daneben gab es ein paar Regale.

Während ich zum Schreibtisch ging, ich vermutete dort eine Klingel, stürzte mein Schatz plötzlich, wie von einer Tarantel gestochen zur Eingangstür, riss sie mit einem Ruck auf und stürmte nach draußen. Gut, dass sie nicht verschlossen war. So schnell wie ich eben konnte, lief ich ihm nach und kam gerade noch zur rechten Zeit an, um ihm die paar Treppenstufen hinunter zu helfen, bevor er, mit weit nach vorn gebeugtem Kopf in den Büschen im Vorgarten verschwand. Dabei landete er aber erst einmal mit der Stirn vor einem Baum. Durch den heftigen Aufprall geriet er ins Taumeln, sodass ich schon befürchtete, dass er stürzen würde. Doch zum Glück konnte er sich soeben noch fangen. Laut fluchend und stöhnend, mit der Hand an seinem Kopf, setzte er seinen Weg fort.

Ihm war sauübel!

„Diese bekloppte Sauferei!", schimpfte ich, musste aber über den Anblick, als er vor den Baum lief, in mich hinein lächeln.

Flink begab ich mich wieder zu dem Schreibtisch. Ich suchte die Klingel, fand aber keine.

Sehr erleichtert, aber blass wie die Wand erschien mein Göttergatte, nach einiger Zeit wieder an der Tür. Ich eilte ihm entgegen. Dabei entdeckte ich, dass gleich links an der Hauswand, eine Klingel war. Sehr kräftig drückte ich auf den Knopf, in der Hoffnung, dass gleich jemand kommen würde.

Mein Schatz hielt sich nicht lange an der Tür auf.
Er steuerte auf ein Sofa zu, das unterhalb der langen Treppen, dem Schreibtisch gegenüber, stand.
Ihm war hundeelend!
Ohne auch nur ein Wort zu verlieren, warf er sich auf das Sofa und schloss seine Augen.
Das Sofa war uns schon am frühen Nachmittag, bei unserer Ankunft, aufgefallen. Wie man erkennen konnte, war es nicht das allerneueste Modell, hatte wohl schon bessere Zeiten erlebt. An manchen Stellen sah es schon ein wenig abgenutzt aus, aber es machte, mit seinem hübschen, rotgeblümten Bezug, durchaus einen sehr gemütlichen und auch recht bequemen Eindruck.

Gott, wie sah er elend aus, als er so da lag und sich nicht rührte.
Ein wenig tat er mir schon leid!
Aber Mitleid war im Moment nicht drin!
Nein, Mitleid konnte er nicht von mir erwarten, schließlich hatte er sich das selber zuzuschreiben!
Warum musste er so viel in sich hineinschütten!
Er wusste genau, dass ihm das nicht bekam!

Ich setzte mich zu ihm auf die Couch und wartete, dass auf mein Klingeln jemand kommen würde.
Aber nichts rührte sich.
Es kam niemand!
Fehlanzeige!
Falsch verbunden!
„Na toll!"
Kalkblass und nicht ansprechbar, nur ein wenig stöhnend, lag er auf dem Sofa. Und ich saß neben ihm, in dem großen Empfangssaal des Hotels und wusste nicht was ich machen sollte!

„Müssen wir jetzt den Rest der Nacht hier unten auf der Couch verbringen?", überlegte ich ratlos.

Plötzlich kam Leben in die blasse, leblose Gestalt neben mir. Er stand auf und ohne einen Ton zu sagen, schoss er durch den etwas länglichen Empfangsraum, direkt in den angrenzenden Schankraum. Schnell erhob auch ich mich und lief eilig hinter ihm her.
Es war sehr dunkel in dem Raum. Als sich meine Augen an die Dunkelheit etwas gewöhnt hatten, sah ich, dass er sehr groß war. Auf der linken Seite befand sich eine langgezogene Theke, vor der einige runde Barhocker standen. Der restliche Raum war mit vielen Tischen und Stühlen ausgestattet.

„Wo willst du denn hin?", wollte ich, während ich hinter ihm her lief wissen.
Er gab keinen Ton von sich, stürmte einfach nur weiter, dabei stieß er in der Dunkelheit an alles, was sich ihm in den Weg stellte.
„Was willst du denn hier!", rief ich genervt.
„Kann doch sein, dass hier jemand ist!", bekam ich zur Antwort, während er weiter durch den Saal rempelte.
„Du spinnst ja wohl, wer soll denn hier sein, lass uns zurückgehen!"
Natürlich hörte er nicht auf mich, wenn er sich etwas in den Kopf gesetzt hatte, wurde das auf Biegen und Brechen durchgezogen. Mir blieb nichts anderes übrig, ich musste ihm folgen.
Wir kamen an eine Tür. Hinter der Tür gab es einen kleinen Raum, in dem sich weitere Stühle, alte Kartons und diverse Sachen stapelten.

„Hier ist niemand!", versuchte ich ihn zu überzeugen.

„ Lass uns  zurück gehen!"

Ohne ein weiteres Wort zu verlieren, drehte er sich
um und trat den Rückweg an. Und genau wie auf
dem Hinweg polterte er beim Gehen gegen Tische
und Stühle.

Als wir wieder am Empfang, bei der großen
Treppe und dem roten Sofa anlangten, sahen wir
uns ratlos an!

„Was jetzt?",  wollte ich wissen!

„Wir gehen wieder nach oben und versuchen noch
mal die Tür zu öffnen!"

„ Gut!", ich war einverstanden.

Mein Liebster war immer noch sehr wackelig auf
den Beinen, aber die Prozedur nach oben gelang
wieder, sogar etwas besser.

Oben angekommen, steckte ich den Schlüssel
wieder ins Schloss, drehte und es geschah nichts,
genau wie schon vorher blieb er stecken. Es half
kein Schimpfen und kein Klagen, die Tür, hinter
der sich unser so heiß ersehntes Schlafgemach
befand, blieb fest verschlossen.

Während ich an der Tür hantierte,  hatte sich mein
Gatte schwankend auf den Weg gemacht. Er ging
den ganzen oberen Flur entlang. An beiden Seiten
lagen Zimmer. An jeder Tür, an der er vorbei kam,
drückte er die Klinke runter, dabei fluchte er laut
vor sich hin.

„So eine Sch…., so eine verdammte Sch….!"

„Psst, nicht so laut, hier wohnen doch noch andere
Gäste!", ermahnte ich ihn.

„Das ist mir so was von egal, das ist mir sogar
sch….egal!",  schimpfte er, ohne auch nur die ge-

ringste Rücksicht auf eventuell, schlafende Gäste zu nehmen.

Nachdem es uns wieder nicht gelungen war die Tür zu öffnen, marschierten wir die Treppe, wieder in gewohnter Weise, runter. Unten angekommen warf er sich auf die Couch und machte seine Augen zu.
„Das war`s dann wohl!"

Inzwischen war wohl schon eine Stunde, seit wir hier angekommen waren, vergangen.

Ich hatte mich ebenfalls auf die Couch niedergelassen. Am Fußende war noch ein ganz klein wenig Platz für mich frei, dort kauerte ich mich hin.

Ich war total fertig!

Ich war hundemüde, völlig geschafft und mit meinem Latein vollkommen am Ende!

Ich versuchte mich zu entspannen!

Das gelang mir natürlich nicht!

Vielleicht für einen kurzen Moment.

Ich konnte, nach all den Geschehnissen, einfach nicht alles, wie auf Knopfdruck, abstellen!

Eins war mir allerdings klar, ich musste etwas unternehmen!

„Du kannst doch jetzt nicht den Rest der Nacht hier auf der Couch verbringen und darauf warten, dass eventuell jemand hier mal vorbeikommt!", waren meine Gedanken.

„Nein, dass kommt nicht in Frage, irgend etwas muss ich machen!"

Dort drüben am Empfang, auf dem Schreibtisch stand ein Telefon, das hatte ich schon vor einiger Zeit entdeckt.

„Vielleicht war es möglich, dass ich noch jemanden auf der Feier erreichen konnte!", kam es mir in den Sinn. Es war zwar schon nach fünf Uhr am Morgen, aber vielleicht hatte ich ja Glück und es war doch noch jemand da."

Ich schaute zu meinen Schatz rüber, um ihn in mein Vorhaben einzuweihen, aber der lag auf der Couch und gab kein Zeichen mehr von sich.

Innerlich verwünschte ich ihn gewaltig. Wenn er jetzt nicht so leblos daliegen würde, könnten wir beide zusammen überlegen und beratschlagen, was zu tun war. Nun war ich gezwungen, alles alleine zu entscheiden und konnte sehen, wie ich zurecht kam.

Entschlossen stand ich auf und ging zu dem Schreibtisch rüber. Ich benötigte ein Telefonbuch, um die Nummer von dem Lokal, in dem wir gefeiert hatten, raus zu suchen. Vielleicht hatte ich ja wirklich Glück und erreichte unsere Freunde noch.

Auf dem Schreibtisch lag kein Telefonbuch, deshalb fing ich an, alle Fächer des Schreibtisches zu durchsuchen.

„Wenn das man richtig ist, was ich hier mache?", überlegte ich.

„Vielleicht ist es nicht erlaubt in fremden Schreibtischen rum zu wühlen!"

„Egal, ich brauche das Buch, es geht nicht anders!"
Fest entschlossen kramte ich weiter. Eine Schublade nach der anderen kam dran und schließlich hatte ich Erfolg, ich hielt das ersehnte Buch in den Händen. Ein bisschen erstaunt war ich schon, irgendwie hatte ich nicht damit gerechnet, dass ich überhaupt eins finden würde.

Jetzt aber schnell, ich hatte es sehr eilig.

Flott blätterte ich die Seiten durch und tatsächlich fand ich die Nummer des Lokal`s.

Aufgeregt nahm ich den Hörer vom Telefon ab und wählte die Nummer. Es machte ein paar Mal tut, tut, tut, tut und dann, dann meldete sich ein Herr.

„Ja, wer ist dort!", drang es an mein Ohr.

Wie sollte ich mich denn jetzt melden, ich konnte doch nicht sagen, dass ich von einem fremden Hotel, direkt von der Rezeption aus, telefonierte und das zu einer Zeit, wo jeder in tiefstem Schlaf lag. Ich entschloss mich keinen Namen zu sagen.

„Ist dort der Schinkenkrug?", mehr wollte ich nicht wissen.

„Nein, der ist hier nicht!", war die kurze und knappe Antwort.

„Oh, ich bitte vielmals um Entschuldigung, ich muss mich wohl verwählt haben!"

„Bitte, entschuldigen sie."

Es war mir sehr peinlich, zu dieser Zeit jemanden aus dem Schlaf gerissen zu haben und war sehr freundlich. Der Mann sagte nichts mehr, ich hörte nur noch, wie der Hörer aufgelegt wurde und dann kam das Besetztzeichen.

Hatte ich denn die falsche Nummer gewählt?

Bei meiner Aufregung wäre es nicht verwunderlich gewesen. Ich nahm noch einmal das Telefonbuch in die Hand und sah nach. Die Nummer stimmte, aber wieso war es niemand vom Schinkenkrug, der sich am Telefon gemeldet hatte?

Das kam mir sehr seltsam vor.

Plötzlich hatte ich eine Eingebung, ja es fiel mir wie Schuppen von den Augen, ich hatte keine Vorwahl gewählt. Ich hatte angenommen, dass der Ort noch zu der Stadt gehörte, in der wir uns jetzt befanden.

Schnell wieder ins Telefonbuch schauen!

Nach kurzer Zeit hatte ich die Vorwahl gefunden, und ohne lange zu überlegen wählte ich sie und die Nummer vom Lokal.

Wieder hörte ich das tut, tut, tut, und dann meldete sich eine ganz verschlafene Frauenstimme.

Ja bitte, wer ist dort?"

Dieses Mal entschuldigte ich mich schon sofort, bevor ich überhaupt weiterredete. Als ich dann meine Frage stellte, ob ich mit dem Schinkenkrug verbunden wäre und sie erstaunt antwortete, „ja, hier ist der Schinkenkrug!", war ich sehr erleichtert.

Ich entschuldigte mich wieder, platzte dann aber gleich mit der Frage heraus.

„Bitte können sie mir sagen, ob noch jemand von der Silberhochzeitsfeier, die heute bei Ihnen stattgefunden hat, da ist?

Ohne auf eine Antwort zu warten, erklärte ich ihr unsere verzwickte Lage.

„Wir sitzen in unserem Hotel, unten am Empfang und können nicht ins Zimmer! Die Tür geht nicht auf, weil der Schlüssel klemmt."

„Gibt es dort in ihrem Hotel keine Klingel?", fragte die Stimme am Telefon.

„Doch, die gibt es, ich habe auch schon heftig darauf gedrückt, aber es kommt niemand!"

„Warum rufen sie nicht die Polizei an!", wollte sie jetzt wissen.

„Daran habe ich in meiner Aufregung noch nicht gedacht!"

„Es wäre mir auch lieber, wenn sie noch jemanden von unseren Freunden erreichen könnten!"

„Ich bin in einem anderen Haus und liege schon im Bett!", erklärte sie.

„Oh, es tut mit schrecklich leid, dass ich sie aus dem Schlaf gerissen habe!"

„Bitte entschuldigen sie, aber ich wusste nicht was ich machen sollte!", seufzte ich schuldbewusst in den Hörer.

„Schon gut!", antwortete sie, „ ich muss mir nur kurz was überziehen, dann sehe ich nach, ob noch jemand drüben ist. Geben sie mir die Nummer ihres Telefons, dann rufe ich gleich zurück!"

„Ich habe keine Telefonnummer!", sagte ich kleinlaut.

„Haben sie denn kein Handy?", wollte sie wissen.

„ Nein, unsere ganzen Sachen, auch das Handy, befinden sich oben in dem Zimmer, in das wir nicht hinein können. Ich bin hier am Empfang des Hotels und telefoniere mit dem Telefon, das hier auf dem Schreibtisch steht!", gab ich zu bedenken.

„Dann bleiben sie am Apparat, ich komme gleich zurück und sage ihnen Bescheid!"

„Ja, ist gut, vielen Dank!"

Aufatmend und ein wenig erleichtert, ließ ich den Hörer sinken und schaute zu der Couch rüber, auf der mein Schatz noch immer mit geschlossenen Augen lag.

„Ob er schlief?"

Ich wusste es nicht!

Jedenfalls ließ er sich nicht anmerken, ob er von meinen Bemühungen am Telefon etwas mitbekam.

Schließlich nahm ich den Hörer wieder an mein Ohr und wartete gespannt darauf, was mir die nette und verständnisvolle Dame wohl berichten würde.

Es dauerte ziemlich lange, bis sie sich wieder meldete.

„Hören sie!"

„Ja!", sagte ich erwartungsvoll.

„Sie haben Glück, ich habe mit ihren Freunden gesprochen, sie wollen gleich fahren und kommen bei ihnen vorbei!"
Ich war völlig erleichtert und freute mich, dass sie noch dort waren.
Überschwänglich bedankte ich mich bei ihr, nicht ohne mich noch tausendmal für die nächtliche Ruhestörung zu entschuldigen.

Nachdem ich auf dem Schreibtisch wieder alles geordnet und wieder an seinen Platz gelegt hatte, begab ich mich wieder auf das Sofa. Erschöpft lehnte ich mich zurück und schloss meine, von der Übermüdung brennenden Augen. Während ich auf unsere Freunde wartete, versuchte ich mich zu entspannen und ein wenig Kraft zu tanken.
„Ob ich wohl heute noch mal ins Bett komme?"
„Egal, ich war sehr froh, dass ich alles so weit geregelt hatte und auf baldige Hilfe hoffen konnte. Was sie wohl sagen werden?"
Gespannt wartete ich auf unsere Freunde.

Es dauerte gar nicht so lange, wie ich vermutet hatte. Die Tür ging auf und einige Bekannte unserer Freunde, traten ein. Mein Schatz, der sich kurz vorher schon von dem Sofa erhoben hatte, stürzte gleichzeitig, als die Bekannten eintraten, zur Tür und nahm wieder Kurs auf den Vorgarten. Ihm war wieder speiübel und er musste sich erleichtern.

„Was macht ihr den für Sachen!", riefen die Bekannten mir laut lachend zu.
Bevor ich antworten konnte, kamen auch Heinz und Uschi zur Tür herein. Ein allgemeines Palaver

begann. Alle waren noch in Feierlaune und es ging hier unten am Empfang sehr lustig zu.

„Wo ist dein Gatte abgeblieben?", wollte Heinz wissen.

„Der musste gerade mal den Vorgarten aufsuchen!", gab ich grinsend zurück. Nach ein paar Minuten erschien auch er wieder auf der Bildfläche.

So richtig glauben wollten unsere Freunde uns nicht, dass wir nicht ins Zimmer konnten. Sie nahmen an, dass wir einfach ein wenig ungeschickt waren. Vielleicht glaubten sie auch, dass nicht nur mein Schatz, sondern auch ich etwas zu tief ins Glas gesehen hatte und wir uns deshalb, wohl möglich, in der Zimmertür geirrt hatten. Dagegen protestierte ich natürlich heftig.

„Die Zimmertür ist auf jeden Fall richtig!"

„Das Zimmer befindet sich ganz vorne, direkt gegenüber der Treppe!"

„Dass weiß ich genau!", bekräftigte ich meinen Einwand.

Nach einigem hin und her und einer gewissen Wartezeit, unsere Freunde hatten nämlich, als sie zur Haustür hereingekommen waren auch entdeckt, dass es am Eingangsbereich eine Klingel gab und ein paar Mal kräftig darauf gedrückt.

Sie meinten, „irgend jemand muss doch da sein und sich wenigstens melden!"

Aber auch dieses Mal rührte sich nichts, es kam niemand. Wir entschlossen uns nun, dass wir alle gemeinsam noch mal nach oben gehen sollten, um das Schloss zu überprüfen.

Es war eine Holztreppe die nach oben führte. Sie hatte keinen Teppichbodenbelag, dadurch war das Getrappel nach oben, begleitet von lustigen und munteren Stimmen, nicht besonders leise. Wir dachten in dieser Situation nicht an Gäste, die eventuell schlafend im Bett lagen und nun durch uns gestört wurden. Abwechselnd nahm jeder den Schlüssel, an dem sich ein Schild befand, auf dem die Nummer unseres Zimmers vermerkt war, in die Hand und versuchte die Tür zu öffnen. Aber auch ihnen gelang es nicht! Schließlich sahen sie ein, dass es keinen Zeck hatte, hier rumzustehen, um es weiter zu versuchen.

„Jetzt kommt ihr mit zu uns!", entschied Heinz kurz entschlossen.

Mittlerweile war es schon früher Morgen, die sechste Stunde war schon vorüber. Wir traten den Rückweg an. Unter dem geräuschvollem Getrappel der Füße, auf der langen Holztreppe, ging es wieder nach unten. Wir gelangten wieder in die Empfangshalle. Ich staunte nicht schlecht, mein Schatz war richtig munter geworden. Er taumelte auch nicht mehr und konnte die Treppe, ohne meine Hilfe, nach oben und wieder nach unten, laufen. Allc man steuerten wir jetzt gleich auf den Ausgang zu und wollten die Tür öffnen.

Sie war zugeschlossen!

„Wie kommt denn das?"

Fragend und sehr verwundert sahen wir uns an. Der letzte, gleich nach unseren Freunden, der von draußen rein gekommen war, war mein Schatz. Er hatte die Tür zwar zugemacht, aber nicht abgeschlossen! Er konnte die Tür gar nicht hinter sich abschließen, denn den Schlüssel hatte ich die ganze Zeit in meiner Tasche. Wir hatten sie absichtlich nicht verschlossen, damit er schnell rein- und rausgehen konnte, wenn ihm übel war. Auch als unsere Freunde kamen, war die Tür offen gewesen. Erstaunen lag in unseren Blicken. Betroffen sahen wir uns alle an.

„Hier geht es wohl nicht mit rechten Dingen zu!", meinte ich.

Ich konnte mir absolut nicht erklären, wieso die Tür jetzt abgeschlossen war!

„Hier spukt es!", meinte Heinz sehr belustigt!

„Oder hast du vielleicht doch noch nach unserem Eintreffen abgeschlossen?", dabei sah er mich fragend an.

„Nein, die ganze Zeit, in der wir hier sind, habe ich nicht abgeschlossen! Auch für euch haben wir die Tür extra aufgelassen!"

Während wir noch alle sehr fröhlich über diese Angelegenheit, die uns sehr merkwürdig vorkam, aber im Moment nicht zu klären war, diskutierten, holte ich den Schlüssel aus meiner Tasche und schloss die schwere Haustür auf.

Die frische Luft, an diesem besonderen Januarmorgen tat richtig gut. Aber wir waren doch alle ziemlich übernächtigt und müde. Deshalb verabschiedeten wir uns sehr schnell von Hänschen und Uschis Freunden und stiegen schnell in ihr Auto, das wartend vor dem Hotel stand. Bis zu ihrem Haus war es nur ein kurzes Stück. Wir fuhren um zwei Ecken und schon hielt Hänschen vor dem Eingang.

Während er das Auto in die Garage fuhr, schloss Uschi die Haustür auf und wir huschten schnell ins kuschelig, warme Wohnzimmer. Draußen war es

103

doch, so früh am Morgen, sehr kalt gewesen. Durch unsere Übermüdung kam es uns besonders kalt vor.

Bald erschien auch Hänschen im Wohnzimmer. Er lief in die Küche, die gleich neben dem großen Wohn- Esszimmer lag an den Kühlschrank und brachte leckere Speisen. Wir hatten derweil schon am Esstisch Platz genommen. Der kleine Imbiss tat uns sehr gut. Danach ging es, sehr fröhlich und unter allgemeinem Gelächter, in die obere Etage. Auch das Betten bauen war begleitet von unserer lustigen Stimmung. Wir konnten nicht anders, wir brachen immer wieder in Gelächter aus. Hänschen legte zu guter Letzt auch noch einen Schlafanzug für meinen Schatz bereit und ich bekam ein Nachthemd von Uschi. Danach wünschten wir uns allen gute Nacht obwohl es schon Morgen war und begaben uns in die Zimmer.

Erschöpft sank ich ins Bett.

War das eine lange, erlebnisreiche Nacht!

Du meine Güte, war ich müde und kaputt.

Es tat so verdammt gut sich in dem bequemen Bett so richtig lang auszustrecken. Erst jetzt merkte ich richtig wie erschöpft ich war. Ich war unseren Freunden so dankbar, dass sie uns mitgenommen hatten, sonst säße ich jetzt noch immer auf der Couch und wartete darauf, dass jemand vom Personal kommen würde.

Irgendwie konnte ich noch gar nicht begreifen, was wir erlebt hatten. Immer und immer wieder kaute ich alles durch. Besonders, dass zum Schluss auch noch die Haustür versperrt war, das konnte ich ja nun gar nicht begreifen!

Ja, ich war müde, aber an Schlaf war absolut nicht zu denken, dafür war ich einfach zu aufgewühlt.

In meinem Kopf surrte es gewaltig. Ich konnte mir noch so viel Mühe geben, aber die Gedanken sausten hin und her, immer wieder aufs Neue, ich konnte sie nicht abstellen.

Ich sehnte mich nach Schlaf!

Morgen, nein heute, würde ich voll daneben hängen!

Könnte ich doch wenigstens  nur ein Stündchen schlafen, dachte ich verzweifelt. Ging aber nicht, mein Kopf war das reinste Nadelkissen, er brummte gewaltig, ich konnte einfach nicht abschalten.

Schließlich stand ich auf, ging zur Toilette und schaute danach sehr vorsichtig in das Zimmer, in dem mein Schatz eine Bleibe gefunden hatte.

Natürlich, ich hatte auch gar nichts anderes erwartet, er lag selig schlummernd in den Federn. Bestimmt war er sofort, noch bevor er überhaupt seine Beine im Bett hatte, eingeschlafen. Leise, damit niemand gestört wurde, schlich ich wieder in mein Zimmer, schlüpfte schnell unter die Decke, und streckte mich erneut im Bett aus.

„Na, ja", dachte ich, „wenn du schon nicht schlafen kannst, dann ruh dich wenigsten aus."

Als ich in das Zimmer, in dem mein Liebster schlief zum Fenster geschaut hatte, sah ich, dass es schon sehr hell draußen war. Auch in meinem Zimmer blitzte, durch einen kleinen Spalt der Gardine, die Sonne ein wenig hervor.

Endlich, es war schon kurz vor Mittag, hörte ich, dass jemand aufgestanden war.

Auch mein Bester aller Ehemänner war inzwischen wach geworden. Ich hörte ihn im Badezimmer hantieren. Schnell stand auch ich auf, schmiss mich in mein hübsches Ballkleid und begab mich mit meinem, ebenfalls festlich gekleideten Gatten nach unten, wo es schon sehr verführerisch nach Kaffee duftete.

Mit großem Hallo wurden wir sehr nett von unseren Freunden begrüßt. Während wir genüsslich frühstückten, plauderten wir, unter allgemeinem Gelächter lustig drauflos. Natürlich waren wir sehr gespannt darauf, was man im Hotel von unserem Missgeschick hielt.

Gleich nach dem späten Frühstück, bei dem wir von den beiden so richtig mit leckeren Speisen verwöhnt wurden, fuhren wir rüber ins Hotel, um unsere Sachen und das Auto, das dort auf dem Parkplatz stand, abzuholen.

Als wir, in Begleitung unserer Freunde, das Hotel betraten, sah uns der Hotelier einigermaßen verblüfft an. Er vermutete uns, selig schlafend, oben in unserem Zimmer. Klar, wir waren ja bisher, noch nicht zum Frühstück erschienen.

Mit schnellem Schritt eilte er uns entgegen. Nach einer kurzen Begrüßung platzten wir sofort mit unserer Geschichte und der ziemlich verkorksten Nacht, heraus.

Ungläubig sah er uns!

So richtig glauben wollte er nicht, was wir ihm berichteten. Wahrscheinlich dachte er, dass wir alle so einen im Kahn hatten, dass wir nicht mehr in der Lage waren, die Tür zu öffnen. Ich erzählte ihm auch, dass ich, nachdem sich in der Nacht, nach meinem klingeln an der Haustür, niemand gemeldet hatte, sein Telefon, das auf seinem Schreibtisch am Empfang stand, benutzt hätte, um unsere Freunde noch zu erreichen.

„Leider vergaß ich die richtige Vorwahl zu wählen, deshalb hatte ich nicht die richtige Verbindung. Eine Männerstimme meldete sich und verneinte meine Frage nach dem Schinkenkrug!", ergänzte ich.

„Das war ich!", gestand der Hotelier, „ich habe hier oben eine Wohnung!"

Ich war völlig geplättet als ich das hörte!

Verständnislos schauten wir uns alle an.

Mir war einfach schleierhaft, warum er nicht nach unten gekommen ist, wenn er schon weiß, dass unten am Empfang, jemand von seinem Apparat aus, telefoniert.

Das war ja sehr merkwürdig!

Der Hotelier ging nicht weiter darauf ein.

Auch ich fragte nicht weiter nach.

Wir beschlossen nun, nachdem wir ihm den Schlüssel für das Zimmer überreicht hatten, nach oben zu gehen, um die Tür zu öffnen und machten uns alle auf den Weg in den ersten Stock. Ohne weitere Fragen steckte er den Schlüssel flink ins Schloss. Gespannt, was nun passieren würde, schauten wir zu. Kraftvoll drehte er den Schlüssel um und, er blieb, genau wie in der Nacht bei uns, stecken!

Nach mehrmaligen Versuchen brach er die Aktion schließlich, sehr erstaunt ab. Schnellen Schrittes eilte er die Treppe hinunter, um sein Werkzeug zu holen. Als er oben wieder angelangt war, schraubte er den Türgriff ab. Dann holte er einen Dietrich hervor und schwupp war die Tür offen.

Ja, ihm blieb nichts anderes übrig, als sich mehrmals bei uns zu entschuldigen!

Mit schuldbewusster Miene versicherte er, dass ihm der Vorfall sehr leid täte und ihm auch äußerst unangenehm sei. Natürlich bräuchten wir, für die entgangene Nachtruhe, nichts bezahlen. Wir holten unsere Sachen aus dem Zimmer und begaben uns wieder nach unten.

Beim Verlassen des Hotels, hatten wir dann doch noch eine Frage an ihn.

Wir erklärten ihm, dass wir es sehr merkwürdig fanden, dass die Eingangstür in der Nacht plötzlich verschlossen war.

„Wir hatten sie nicht abgeschlossen, es war auch niemand außer uns hier!", bemerkten wir.

„Das war ich!", sagte der Hotelier.

Verwundert sahen wir uns an.

„Ja!", sagte er, ich war hier unten und wollte, nachdem es bei mir wieder geklingelt hatte nachsehen, was los ist. Als ich hier unten ankam sah ich, dass sie alle nach oben gingen und glaubte, dass alles  in Ordnung sei und sie auf ihre Zimmer gingen. Dann hab ich die Tür verschlossen und bin auch wieder nach oben gegangen.

Uns ging ein Licht auf!

Das war ja wirklich eine total verrückte und verzwickte Nacht!


Während Hänschen und Uschi noch einmal zu dem Restaurant, in dem die Feier stattgefunden hatte fuhren, machten wir uns auf den Heimweg, natürlich nicht ohne uns noch einmal sehr herzlich für die wunderschöne Feier und die überaus nette Gastfreundschaft zu bedanken.

## ALLES FRIEDE, FREUDE, EIERKUCHEN

Unsere Nachbarn sind große Tierfreunde!
Sie lieben Pferde, Hunde, Katzen und ganz besonders ihre beiden Kaninchen.
Im Sommer, wenn das Wetter es erlaubt, flitzen die beiden kleinen, kuscheligen Wonneproppen in ihren besonders großen Käfigen munter auf dem Rasen herum.

Wenn sich unsere Nachbarn, Papa und Mama unterhalten, allein, oder auch mit den Kindern, sind sie eher laut. Wenn sie aber ihre Stimme senken und zärtliche Worte von sich geben, dann sind die kleinen, über alles geliebten Wonneproppen gemeint. Oft liegen Mama und Papa dabei flach auf dem Bauch, direkt auf dem Rasen vor den Käfigen und raunen ihren Lieblingen, die lieblichsten Kosenamen zu. Für sich haben sie ganz andere Ausdrücke und Worte auf Lager. Da hört man schon mal Egoistenschwein, blöde Kuh und ähnliches, die aber auch wahrscheinlich ganz lieb gemeint sind.

Wenn ihre beiden Lieblinge, auch Schätzchen genannt, aber anfangen, was bei Kaninchen ja auch ganz normal ist, mit ihren Pfoten in ihrem kostbaren Rasen, der mit viel Aufwand den ganzen Sommer bis in den Herbst hinein gepflegt wird, mit ihren Pfoten rum zu scharren, sodass er tiefe Löcher bekommt, ertönt von der Terrasse her, wo man gerade gemütlich bei einem Glas Bier sitzt

und dabei die Hasen beobachtet, eine mahnende Stimme,
„Pauli, lass das!"
Pauli lässt sich nicht ablenken und scharrt weiter.
Nun erschallt ein lautes und kräftiges, „ aus!"
Vor Schreck total irritiert hoppelt der Hase in eine Ecke des Käfigs.
Ja, das geht den ganzen Nachmittag so weiter.

Neulich hockte Muttern auf dem Rasen vor dem Kaninchengehege und unterhielt sich ganz locker und sehr freundlich mit einem der Vierbeiner.
„Haben wir zwei uns eben nicht eingehend und sehr ausführlich darüber unterhalten, und uns gemeinsam geeinigt, dass auf dem Rasen nicht gekratzt werden darf!"
Manchmal, wenn Pauli wieder am scharren ist und der kostbare Rasen nur so durch die Gegend fliegt und sich sogar schon eine kleine Mulde gebildet hat und Pauli sich absolut nicht von den mahnenden Worten ablenken lässt und kräftig weiter buddelt, holt eine der Töchter, denen ja die Kaninchen gehören, eine voll gefüllte Wasserpistole hervor und gibt dem Kaninchen eine volle Ladung auf das Fell, sodass es in hohem Bogen aufspringt und so schnell wie möglich die Kurve kratzt.
„So, das reicht erst mal!"
Total verschreckt sitzt Pauli nun in einer Ecke des Stalles und rührt sich erst mal nicht mehr, bis man es für nötig hält, wieder die Wasserpistole einzusetzen.

Neulich traf ein neues Familienmitglied ein, ein Vogel. Es muss ein größerer gewesen sein, der Krach für zwei oder drei machte.

Der arme Vogel war den ganzen Vormittag alleine im Haus, alle Familienmitglieder waren ausgeflogen. Das musste für ihn sehr langweilig gewesen sein. Sobald aber Mutter am frühen Nachmittag erschien, begann er sein imposantes Begrüßungskonzert, das man schon von weitem hören konnte.

Mutter war allerdings am Morgen schon sehr früh aufgestanden und seit dem auf den Beinen und von der Arbeit müde nach Hause gekommen, sie brauchte erst Mal Ruhe. Für ein Begrüßungskonzert dieser Art, war sie nicht aufgelegt.

Genervt und in voller Lautstärke rief sie dem Vogel zu,

„ halt den Schnabel!"

Der fasste es aber eher als eine Aufforderung auf und legte noch eine Oktave zu.

„Du sollst endlich still sein!"

An ihre Stimme hörte man, dass sie sehr ärgerlich war. Warum aufhören, die Unterhaltung hatte doch eben erst begonnen. Munter, was kostet die Welt, zwitscherte er in kräftigem Tone weiter.

„Halt dein blödes Maul, du Mistvieh!", kreischte sie so laut, dass man es noch wer weis wie weit hören konnte.

„Ich will meine Ruhe haben!"

Er störte sich aber nicht im Geringsten an Mutters Wutausbruch und zwitscherte  immer weiter drauf los.

Das wiederholte sich täglich.

Eines Tages gab der Vogel wieder sein berühmtes Konzert. Wir wollten gerade unseren kleinen Garten verlassen, um in unser Auto zu steigen, das auf dem Parkplatz stand. Nebenan im Haus, wo der Vogel zu Hause war, stand die Wohnzimmertür weit offen, so- dass wir alles genau mitbekamen.

Laute Schimpfwörter drangen an unser Ohr. Sie schnauzte den armen Vogel gewaltig an und gab dabei die bedrohlichsten Worte von sich.

„Wenn du nicht endlich deinen verdammten Schnabel hältst!", hörten wir noch, dann war Stille.

„So!", sagte mein Schatz und grinste.

„Jetzt hat sie ihm den Hals umgedreht!"

Danach war es nebenan sehr ruhig!


Ja, seit dem es mit dem lauten krakeelen und kreischen des Vogels, was auch immer für eine Art von Vogel es war, wir wissen es nicht, vorbei ist, hört man in letzter Zeit öfters den Namen, „Corinna!"

Ist Besuch gekommen?

Eine Freundin der Tochter vielleicht?

Nein, das kann nicht sein, mit der würden man ja normal reden und nicht mit so begeisterter und äußerst zärtlicher Stimme. Es hört sich irgendwie anders, ja irgendwie merkwürdig an, wenn der Name genannt wurde. Eine Nachbarin fragte mich neulich, „ ist dort ein Baby angekommen?"

Uns packte die Neugierde und wir lugten vorsichtig durch einen etwas breiteren Schlitz des hohen Zaunes, der unser Grundstück von ihrem trennt.

Nichts zu sehen, außer der Familie, die um den Tisch herum sitzt. Erst, als wir unseren Blick auf den Rasen lenken, sehen wir etwas braun

Gesprenkeltes, und um ein vielfaches Größeres als die Kaninchen, neben dem Kaninchenkäfig liegen. Das braun Gesprenkelte hat einen dicken, buschigen Schwanz. Man könnte meinen dort liegt ein Fuchs. Ist es aber nicht, denn im nächsten Moment kommt der Kopf zum Vorschein und zwei fragende Augen sehen zu uns herüber. Aha, uns geht ein Licht auf, ein neues Familienmitglied, Namens Corinna, ist wieder mal eingetroffen.

Corinna ist eine Katze. Aber keine gewöhnliche Hauskatze, sie ist eine Art Tempelkatze oder vielleicht etwas ähnliches, wir kennen uns damit nicht so genau aus. Sie ist aber etwas ganz besonderes. Sie trägt um den Hals ein hübsches Halsband. An dem Halsband ist eine längere Leine befestigt, die der Hausherr, auf einem Stuhl auf der Terrasse sitzend, in der Hand hält.
Sobald Corinna aufsteht, um eventuell einen kleinen Spaziergang zu machen ruft er in strengem Ton
„Nein!"
Erschreckt schaut Corinna drein und legt sich doch tatsächlich brav wieder auf den Rasen zurück.

Ja, Corinna ist der heiß und innig geliebte Neuling der ganzen Familie. Häufig wird sie, so wie früher die Kaninchen, auf den Arm genommen. Die lieblichsten Worte und Liebkosungen werden ihr zugeraunt, während sie gestreichelt und geknutscht wird. Kommt Mutter vom Einkauf zurück und sieht ihren Liebling auf dem Rasen liegen, ruft sie mit ganz zärtlicher und völlig entrückter Stimme, dabei entrinnt sich ihrer Brust ein glückliches seufzen.

„Hallo Schätzchen, komm doch mal her, damit wir uns begrüßen können!"

Ab und zu wird das Schätzchen auch an der Leine durch den Garten geführt. Das ist allerdings nur ein sehr kurzer Spaziergang, denn der Garten ist klein. Einmal um den etwas größeren Hasenkäfig herum, das war`s dann auch schon.
Neulich war sie sehr mutig, sie sprang doch tatsächlich mit Schwung auf den Hasenkäfig. Das Kaninchen, heute war nur eines im Käfig, machte vor Schreck einen großen Satz und rannte wie von Sinnen durch den Käfig. Von der Terrasse erscholl ein entsetztes „Corinna!"
Und danach ein  lautes und kräftiges „Nein!"
Sehr gelassen sprang Corinna vom Käfig wieder herunter.

Ein paar Tage später sitzen wir ganz gemütlich und entspannt in unserem Garten und genießen den lauen und warmen Sommerabend.
Wir lauschen auf  das Gezwitscher der Vögel und sehen den Schwalben am Himmel zu, wie sie über unseren Dächern dahinsausen und dabei im Flug ihr Abendessen verspeisen.
Nebenan ist alles paletti!
Die ganze Familie sitzt fröhlich plaudernd um den Tisch herum, man ist mit dem Abendbrot beschäftigt.
Alles Friede, Freude, Eierkuchen!
Doch plötzlich reißt uns ein vierstimmiges Kreischen aus unserer abendlichen Ruhe heraus.
Erschrocken  fahren wir zusammen.
Wie auf Kommando springen nebenan alle gleichzeitig auf und stürmen, wie von den

Taranteln gestochen zur Terrassentür. Dabei müssen Mutter und Tochter, möglicherweise mit den Köpfen zusammengeprallt sein.
Wir hören lautes Gejammer und Geheule.
„Stell dich nicht so an du blöde Kuh!", schimpft Mutter ärgerlich.
„Pass besser auf und mach nicht wegen jedem Schiet so ein Geschrei. Mir tut der Kopf auch weh!"
Ein allgemeines Palaver beginnt.
„Was war geschehen?"
Womöglich wurde Corinna vor dem Abendessen ins Wohnzimmer gesperrt und man hatte doch tatsächlich vergessen die Terrassentür richtig zu schließen. Das hatte sie natürlich voll ausgenutzt und wollte wohl die Flucht ergreifen.
Sehr allmählich, unter allgemeiner Diskussion, kehrte wieder Ruhe ein und das Abendessen konnte fortgesetzt werden.

Übrigens, in diesem Jahr kam noch ein neues Familienmitglied an. Corinna hat einen Kumpel bekommen. Wohl damit sie am Tag nicht so allein ist, wenn die Eltern arbeiten und die Kinder in der Schule sind.
Wieder eine Katze und auch dieses mal wieder eine ganz besondere. Sie ist ebenfalls wie Corinna sehr groß, hat aber ein sehr helles Fell und einen ebenso hellen buschigen Schwanz. Wenn sie sich irgendwo im Beet verkrochen hat, könnte man meinen, dort einen aus-rangierten alten Muff, aus dem Fell einer jungen Robbe liegen zu sehen. Sie hört auf den Namen „Knut!"
Nun muss Knuti, wie im vorigen Jahr Corinna, alle Erziehungsmaßnahmen über sich ergehen lassen.

Mal sehen wer sich im nächsten Jahr noch dazugesellt.

## SOMMER, SONNE, SAND und MEER.

Im Juni geht es, wie schon oft in den letzten Jahren, an die Ostsee.

Wir haben das große Glück, in der Wohnung meiner Schwester, Urlaub machen zu können. Die Wohnung befindet sich in einem kleineren Ort, direkt an der Lübecker Bucht in einem Hochhaus, im sechsten Stock. Von dort oben hat man einen supertollen Ausblick über die ganze Bucht, die uns jedes Jahr aufs Neue begeistert.

Schon morgens, wenn wir in dem gemütlichen Apartment am Frühstückstisch sitzen, ist das Erholung pur. Der Blick durch die großen Fensterscheiben, die sich über die ganze äußere Wand erstrecken, auf die Baumwipfel und das Meer, ist einfach fantastisch. Hier zu sein bedeutet, einmal alles hinter sich zu lassen und den manchmal doch sehr grauen Alltag zu vergessen. Wunderbar ist es auch am Abend, wenn die ganze Bucht im Licht erstrahlt und wir unsere Kerzen auf den Tischen und der breiten Fensterbank anzünden.

Mit dem Wetter ist das allerdings so eine Sache. Ist es gut und die Sonne lacht uns schon am Morgen von einem tiefblauen Himmel entgegen, dann wird natürlich erst, wenn wir ganz gemütlich und in Ruhe gefrühstückt haben, schnell die Badetasche hervor geholt. Ruck zuck wird gepackt und es geht froh gelaunt an den Strand.

Aber leider ist das Wetter zu dieser Jahreszeit nicht immer gut. Gerade Anfang Juni, wenn die

Eisheiligen endlich vorbei sind und man schon so richtig auf Sommer eingestellt ist, ist es manchmal richtig kalt. Das ist dann die sogenannte, „Schafs-Kälte!"

Manchmal bleibt sie ja aus, aber in diesem Jahr nahm sie es, mit Kälte und heftigem Wind besonders ernst, so dass wir in den ersten Tagen unseres Urlaubs sogar mit dicken Winterklamotten rumlaufen mussten. Trotzdem, solange es nicht regnet, kann die Schafs-Kälte uns den Urlaub nicht vermiesen, denn man kann ja dort auch wunderbar spazieren gehen.

Das Hochhaus liegt auf einer Anhöhe. Um das Haus, es hat siebzehn Stockwerke, befindet sich eine sehr große, gepflegte Grünfläche. Außer einigen Spielgeräten für die Kinder, haben dort auch noch ein paar Kirschbäume ihren Platz.

Unser Weg zum Strand ist sehr idyllisch. Wir laufen über die große Wiese, auf der nicht nur leuchtend, gelben Butterblumen stehen, es blühen auch noch  dicht an dicht gedrängt, tausende kleine Gänseblümchen. Diesen Weg nennen wir liebevoll, unseren Gänseblümchen Weg.

Danach geht es ein wenig abwärts. Der Weg führt durch einen alten Baumbestand, bis wir zu einer Unterführung kommen. Jetzt ist es nicht mehr weit. Ein paar kleine Treppen müssen wir noch hinunterlaufen, bevor wir an der Strandpromenade ankommen. Von den Treppen aus kann man sogar schon den Strand und das Meer erblicken.

Wir lieben diesen Weg, der uns an den Strand bringt, sehr. Jeden Morgen, wenn wir unseren Gänseblümchen Weg hinab laufen, begegnen wir sehr kleinen, äußerst niedlichen, jungen Häschen, die sich an dem frischen Grün der Wiesen, gut tun. Wie lustig es aussieht, wenn sie, sobald sie uns wahrnehmen, flink zurück in die Büsche flüchten, um dann kurz danach wieder hervor gehoppelt zu kommen. Am Rande des Weges wachsen große Büschel mit Brennnesseln. Meistens, auf unserem Rückweg von unserem Ausflug, pflücken wir uns die jungen Spitzen für unseren abendlichen Tee. Dazu ist es angebracht sich etwas über die Hände zu ziehe, denn die Pflanzen heißen ja nicht umsonst Brennnesseln.

In diesem Jahr wurden die Strände neu angelegt. Es gibt jetzt eine sehr schöne und interessant gestaltete Strandpromenade, mit einem hübschen weißen Strandhaus und vielen Bänken. An den Seiten, der neu gepflasterten Promenade, wurden hübsche Beete mit Blumen und verschiedenen Gräsern angelegt. Mir gefallen die Beete mit den rosafarbenen Rosen und dem Lavendel besonders gut. Aber auch die verschiedenen Sorten der Gräser sehen toll aus. Von hier hat man einen herrlichen Blick auf den Strand, mit den bunten Strandkörben und auf das Meer.

Im Moment haben wir kein Glück mit dem Wetter. Schon morgens, wenn wir aus dem Fenster schauen, ist der Himmel wolkenverhangen und grau. Dazu bläst ein sehr kräftiger Wind und lässt auf den Wellen des Meeres dicke Schaumkronen tanzen. Nur ab und zu reißt die Wolkendeck auf und nur für einen sehr kurzen Moment kommt die Sonne hervor.

Nachdem der Weg an der Strandpromenade endet, kommen wir an einen sehr kleinen Hafen. Um den Hafen herum, führt ein schmaler Weg direkt zur Steilküste. Der Blick von hier aus, auf eine über und über blühende Sommerwiese, und auf das Meer, das sich in unendliche Ferne erstreckt, ist fantastisch. Die Wiese ist übersät mit tausenden von voll erblühten Margeriten. Bei jedem Windstoß neigen sie sich zur Seite. Wie schön es aussieht, wenn sie dabei lustig mit ihre Köpfen hin und her wackeln. Die ganze Wiese wogt, wenn der Wind über sie hinweg streicht.

Bienen und Insekten haben jetzt Hochsaison. Überall zirpt und summt es. Tief unten rauscht und schimmert, das von dem kräftigen Wind aufgepeitschte Meer. Ist der Himmel grau, hat auch das Meer eine dunkle, graue Farbe angenommen. Nur dort dort wo sich die Wellen überschlagen, tragen sie dicke, weiße Schaumkronen.

Am Rande der großen Wiese, dem Meer gegenüber, stehen sehr hübsche, in schwedischem Stil erbaute kleine Ferienhäuser.

Hier zieht es uns immer wieder hin. Von diesem Anblick bekommen wir nicht genug. Aber nach nun, schon einer Woche heftigem Wind, Kälte, Regen und Winterklamotten, hatte mein Schatz, ich übrigens auch, die Faxen voll und ganz dicke. Sehnsüchtig schaute er bei unseren Spaziergängen auf den grauen Himmel und auf das trübe Meer.

Wie gerne würde er doch baden gehen!

Aber bei den Temperaturen war das einfach nicht möglich.

Hatte denn der Wettergott in diesem Jahr gar kein Einsehen!

Auf etwas Kälte waren wir ja eingestellt, aber doch nicht so lange!
Schon seit Wochen freute er sich auf ein erfrischendes Bad im Meer!
Seine Laune verschlechterte sich von Minute zu Minute. Grimmig blickte er auf den Himmel!

Am nächsten Morgen, wir hatten etwas länger geschlafen, denn wir vermuteten keine besondere, nennenswerte Wetteränderung. Nach dem aufstehen war mein Liebster sofort ins Bad geeilt und hatte nicht erst, wie üblich, die Gardinen im Wohnzimmer zur Seite gezogen. Wie überrascht war ich jedoch, als ich die Gardinen öffnete. Mir kam heller, strahlender Sonnenschein entgegen. Ich blickte auf blauen Himmel, den nicht die kleinste Wolke verdeckte und ein Meer, das blau und wie glatt gebügelt da lag. Der Wind, der am Vortag das Meer gepeitscht hatte, hatte sich vollkommen gelegt.

„Schatz!", rief ich gut gelaunt zu ihm rüber „ heute ist Badewetter!"
Strahlend kam er aus dem Bad geschlendert, seine schlechte Laune war wie weggefegt.
Trotzdem, gefrühstückt wurde wieder in aller Ruhe, aber nicht ohne, ab und zu einen besorgten Blick auf den Himmel zu werfen. So ganz wollten wir dem, was wir sahen, doch noch nicht trauen.
Die Sonne blieb, nur ein paar ganz kleine Wolken zogen später am Himmel vorbei.
Also nicht rumtrödeln!
Wir kramten unsere Badesachen zusammen, den Wintermantel ließen wir heute am Haken hängen,

und flugs fuhren wir mit dem Fahrstuhl runter ins Erdgeschoß, wo sich der Ausgang befand.

Leichtfüßig liefen wir unseren Gänseblümchen Weg entlang, rechts und links hüpften die kleinen Häschen munter über den Rasen, um dann ganz flink wieder, als sie uns näher kommen sahen, in den Brennnesseln zu verschwinden. Als wir zu den Treppen kamen, die wir übermütig runter liefen, sahen wir das Meer im schönsten blau, durch die frischen, grünen Blätter der Bäume schimmern.

Am Strand war es doch windiger als wir dachten, aber im Strandkorb, den wir uns heute gegönnt hatten, war es gemütlich warm.

Nun gab es kein Halten mehr!

Nachdem wir eine Weile im Strandkorb gesessen hatten, zog es meinen Schatz ganz schnell und ohne weitere Verzögerung ins Wasser! Mit der Fußspitze hatte er ja schon mal die Temperatur geprüft und dabei festgestellt, dass es doch noch sehr kalt war. Das Thermometer, das sich an dem Häuschen auf der Strandpromenade befand, hatte gerade mal zwölf Grad Wassertemperatur angezeigt.

Die Lufttemperatur war heute von zwölf Grad, auf sage und schreibe, achtzehn Grad angestiegen.

Jetzt oder nie!

Meinen Schatz packte der Ehrgeiz!

Jetzt war er in seinem Element!

Mutig, ohne zu zögern, stürzte er sich in die Fluten, während einige Urlauber, die auf der Promenade und unten am Strand spazieren gingen, schaudernd zusammenfuhren. Vermutlich glaubten sie, dass das nur ein Verrückter sein kann, der bei der Temperatur ins Wasser geht!"

Strahlend kam mein Held, ganz so lange hatte er es im Wasser doch nicht ausgehalten, zurück.
„ Herrlich!"
„Einfach herrlich!", prahlte er.
Am Nachmittag wurde es aber wieder zunehmend windiger und kühler. Glücklich, über den wunderschönen Tag am Meer, machten wir uns wieder auf den Rückweg, in unsere gemütliche und angenehm warme Wohnung.
Ja, es war schön, mein Schatz war zufrieden, die gute Laune hatte ihn wieder.

Ließ das Wetter es nicht zu an den Strand zu gehen, nahmen wir unsere mitgebrachten Roller und fuhren in den Nachbarort. Dort, auf dem extra angelegten Radweg, der sich neben dem Fußweg befand und direkt an den Dünen entlang führte, ließ es sich wunderbar mit unseren Rollern lang düsen.
Das machte uns riesigen Spaß.
Zwischendurch legten wir eine kleine Pause ein und setzten uns auf eine der Bänke, die in den Nischen, zwischen den Dünen standen. Von hier aus sahen wir auf den Strand, mit den vielen blauen, gelben und weißen Strandkörben und auf das Meer. Langweilig war es uns nie. Auf dem Rückweg nahmen wir die Roller kurzerhand auf die Schulter und liefen am Strand entlang, während uns die heran rollenden Wellen über die nackten Füße liefen.

Heute wollen wir mit unserem Roller zu einem anderen Ort fahren, den wir noch nicht kannten. Auch hier gab es eine schöne Strandpromenade, auf der das Rollerfahren richtig Spaß machte.

Die Urlauber, an denen wir vorbeiflitzen, sahen uns erstaunt hinterher. Wer fährt schon in einem etwas fortgeschrittenerem Alter wie wir, ja die Sechziger hatten wir schon etwas länger hinter uns gelassen, mit dem Roller durch die Gegend. Das war doch nur was für Kinder! Uns machte das aber mächtig Spaß und wir kamen schnell voran.

Als wir zum Auto zurückkamen, hatten wir beide das Bedürfnis nach einer Toilette. Erst glaubte ich, dass ich es noch eine gewisse Zeit, bis wir wieder in unsere Wohnung zurück kommen, aushalten könnte. Mein Schatz hingegen, hatte es sehr, sehr eilig! Ich schlug ihm deshalb vor, doch lieber, damit es schneller ging, den Roller zu nehmen, der schon zusammengeklappt und wohl verstaut im Kofferraum lag. Wir hatten, als wir mit unserem Roller auf der Promenade unterwegs waren, schon das benötigte Häuschen gesehen, aber wir wussten im Moment nicht mehr wie weit es von unserem Parkplatz entfernt war.

Flink holte er den Roller hervor und wollte ihn wieder aufklappen und fahrbereit machen. Sonst klappte das immer sehr schnell, aber jetzt, gerade wo er es so eilig hatte, klemmte er und wollte und wollte nicht aufgehen. Ungeduldig trippelte er von einem Bein auf das andere.

„Warum geht das blöde Ding denn nicht auf!", schimpfte er genervt, während er ungeduldig daran rumhantierte. Schließlich packte er ihn wieder weg und holte den anderen Roller aus dem Kofferraum. Ruck, zuck war er aufgeklappt und dienstbereit. Eilig, mit viel Schwung düste er davon.

Mein Schatz ließ sich Zeit.

Ich saß im Auto und wartete. Schließlich hielt auch ich es für besser, bevor wir die doch etwas längere

Rückfahrt antraten, ebenfalls das stille Örtchen aufzusuchen.

Völlig entspannt und sehr gemütlich kam mein Liebster langsam zurückgeschlendert. Er hatte keine Eile mehr, ich dafür um so dringender.

„Kannst du mir sagen, wie ich am schnellsten zu dem Häuschen komme?"

„Ich möchte auch dort hin!", rief ich ihm zu.

Ruhig packte er den Roller weg und meinte, „ ich fahre dich am besten mit dem Auto ein Stückchen die Straße runter, dann brauchst du nur noch den Weg, der zur Strandpromenade führt, runter gehen. Auf der linken Seite siehst du das kleine, weiße Häuschen dann liegen.

Gesagt, getan!

Schön, das mein Schatz so besorgt um mich war und mir den Weg etwas verkürzen wollte! Das schätzte ich an ihm sehr.

Als wir an dem nächsten Weg, der zur Promenade führte ankamen, stieg ich eilig aus und lief ihn, wie beschrieben, hinunter.

Aber, wo war denn das kleine weiße Häuschen!

Irritiert schaute ich die Strandpromenade nach beiden Seiten ab. Weder links, noch rechts, war von einem weißen Häuschen etwas zu sehen.

Links sollte es stehen, hatte mein Liebster gesagt. Also bog ich links ab und lief eilig die Promenade hinunter. Ich lief und lief, doch nirgends war das besagte Häuschen, das ich so sehr benötigte, zu sehen.

Eben war er doch selbst erst dort gewesen!

Wieso finde ich es nicht!

Schließlich bin doch nicht blind, so was sieht man doch auf den ersten Blick!

Ich kannte es doch auch, denn ich hatte es selbst auf unserer Tour mit dem Roller gesehen. Vor mir tauchte schon der Hafen auf! Nein, dort war das Häuschen nicht, daran konnte ich mich entsinnen. Schnell machte ich kehrt und rannte wieder zurück!

Der Weg, den ich gelaufen war, war doch weiter als ich dachte! Schließlich kam ich dort, wo ich aus dem Auto ausgestiegen war, wieder an.

„Wo aber war denn nun das Auto geblieben?

Hier, genau an dieser Stelle hatte es gestanden, hier war ich ausgestiegen!

Wo war es jetzt, vermuckt noch mal?"

„Ach ja!", plötzlich fiel es mir wie Schuppen von den Augen! Als ich ausstieg hatte ich soeben noch mitbekommen, dass er das Auto wo anders parken wollte.

„Aber wo?"

Ich schaute die Straße nach beiden Seiten ab.

Unser Auto war nicht zu sehen.

Verflixt noch mal, wo hat er sich denn bloß hingestellt!

Ich vermutete, dass er in die nächsten Seitenstrasse reingefahren war und lief schnell dort hin.

Nichts, kein Auto, das unserem Auto auch nur annähernd ähnlich war, war zu sehen.

Es blieb mir nichts anderes übrig, als wieder zur Hauptstraße zurückzulaufen.

Jetzt schaute ich mich noch einmal genau um. Dort drüben, direkt vor einem Geschäft, stand ein großer Lieferwagen. Dahinter, es war von hier aus sehr schlecht zu erkennen, vermutete ich, könnte er womöglich stehen!

Ja, ich hatte mich nicht geirrt, beim Näherkommen stellte ich erleichtert fest, dass es unser Auto war.

Der Druck auf meine Blase hatte sich inzwischen verstärkt und ich war sauer, dass ich hier wie blöde rumirren musste.

Ärgerlich riss ich die Autotür auf!

Mein Ehegatte, der seelenruhig und natürlich ohne Druck, das muss man mal erleben, wenn er ein gewisses Bedürfnis hat, das muss sofort, und ohne Verzögerung erledigt werden, für Männer ja auch kein großes Problem, im Auto saß und in einer Zeitschrift blätterte, sah mich etwas irritiert und fragend an, als ich keine Anstalten machte einzusteigen.

„Dort ist keine Toilette!", mehr brachte ich nicht hervor.

Ungläubig sah er mich an, wahrscheinlich dachte er, ich sei zu blöde, um das bestimmte Örtchen zu finden. Mürrisch bekam ich zur Antwort,

„ Du musst den Weg lang gehen, wenn du dann an der Promenade ankommst, siehst du gleich auf der linken Seite das Häuschen liegen!"

„Nein, dort ist aber kein Häuschen!", entgegnete ich aufgebracht. „Ich bin genau, wie du mir gesagt hast, links abgebogen und sogar noch ein ganzes Stück auf der Promenade lang gelaufen!

Dort ist nichts!", betonte ich!

Langsam war ich am Ende, meine Blase drückte und kannte kein Erbarmen!

„Dann musst du halt mal deine Augen aufmachen, schließlich war ich selber eben erst dort!", bekam ich als Antwort vor die Brust geknallt!

„Links ist nichts, weder rechts noch links ist ein Häuschen zu sehen!"

„Wenn links keins ist, musst du eben nach rechts gehen!"

Peng!

Es knallte ganz schön als ich die Autotür ärgerlich zuwarf. Eilig rannte ich über die Straße, bog in den etwas längeren Weg, der zur Promenade führte ein, und schaute, als ich schließlich wieder ankam, nach beiden Seiten.

Nein, ich hatte mich nicht geirrt!

Von hier aus war von einem kleinen, weißes Häuschen, wie er behauptet und ausdrücklich betonte, nichts, nein absolut nichts zu sehen. Nach links war ich ja schon gelaufen, also bog ich jetzt nach rechts ab. Nachdem ich den Weg ein kleines Stück entlang gelaufen war, machte er eine scharfe Kurve und dann, ja dann sah ich ganz weit hinten das ersehnte Häuschen liegen.

Mir ging ein Licht auf, ich konnte es gar nicht sehen, die scharfe Kurve hatte die Sicht vollkommen versperrt. Als ich ankam stellte ich fest, dass es ganz in der Nähe unseres ersten Parkplatzes lag!

Wäre mein allerliebster Gatte nicht so besorgt um mich gewesen, um mich möglichst nah an den besagten Ort zu bringen, wäre ich in kürzester Zeit dort hingelangt. Höchstens zwei Minuten hätte ich für den Weg benötigt. Da hatte er sich doch ganz gewaltig geirrt.

„Nun ja", würde er jetzt sagen, „ man kann sich ja auch mal vertun!"

Ja, so ist das bei uns!

Gerade weil wir uns manchmal so gut streiten können, ist es nie langweilig und gerade deshalb lieben wir uns.

# BELLA ITALIA

Unsere Koffer und Taschen waren gepackt. Mein Schatz hatte alles im Auto verstaut. Nicht nur der Kofferraum war voll, auch hinten im Auto, auf den Rücksitzen, stapelte sich einiges. Wie immer nahmen wir viel zu viel mit. Schließlich konnte man sich auf das Wetter ja nicht immer verlassen, da nahm ich doch vorsichtshalber lieber meinen Sommermantel und dieses und jenes, was man eventuell noch gebrauchen konnte, mit. Mein Liebster hatte ebenfalls noch ein paar Sachen auf dem Flur gelagert, die unbedingt mit mussten. Ich hatte zwar protestiert.

„Was schleppst du denn noch alles an!"

Aber da war nichts zu machen, wenn er sich etwas in den Kopf gesetzt hatte, konnte ich noch so viele Einwände erheben, es musste halt so sein.

Das kannte ich schon aus langjähriger Erfahrung. Als wir vor sehr langer Zeit im Sommer in den Urlaub nach London fuhren, musste unbedingt das Surfbrett mit. Es hatte mich sowieso schon einige Überredungskunst gekostet, ihn davon zu überzeugen, dass ein Urlaub in England auch sehr schön sein konnte. Wir hatten schließlich die tolle Möglichkeit, in London bei meiner Tante im Haus zu wohnen. So eine einmalige Gelegenheit hatte doch längst nicht jeder, das mussten wir doch ausnutzen. Ich war schon als Kind mit meiner Schwester und unserer Cousine dort gewesen.

Lieber wollte er ja, wie in den Jahren vorher, in den Ferien nach Kroatien, dem früheren Jugoslawien, fahren, um dort seinem Hobby, dem Windsurfen, zu frönen. Da unser ältester Sohn sich in diesem Jahr, nach seinem bestandenen Abitur, ebenfalls im Urlaub in London aufhielt, willigte er schließlich ein, aber nur, wenn das Surfbrett mitkam. Damals hatte es übrigens nicht nur mir und unseren Kindern in London gut gefallen, auch mein lieber Schatz war begeistert von der tollen Stadt, sodass wir noch sehr, sehr oft dort Urlaub machten, aber immer ohne Surfbrett, obwohl es ja damals für ihn eine Gelegenheit zum Surfen gegeben hat.

Wir hatten mit meiner Tante einen Ausflug nach Brighten unternommen. Sofort, als wir am Meer ankamen, wurde das Surfbrett ins Wasser gelassen. In voller Montur, vorher hatte er sich noch in den engen Surfanzug und in die Schuhe gezwängt, sollte es nun losgehen. Wir saßen derweil an dem breiten Sandstrand in der Sonne und schauten seinem Treiben zu. Leider, war es an dem Tag aber so stürmisch, dass er mehr im Wasser lag, als auf seinem geliebten Brett stand. Letzten Endes wurde er an der Küste so weit abgetrieben, dass unser ältester Sohn ihm schnell zu Hilfe eilen musste, um ihn wieder heile an Land zu bringen.

Das war damals, heute packten wir unser Auto für unsere Urlaubsfahrt an den Gardasee.

Mein Beautycase fand noch Platz unten, hinter unseren Sitzen, und ebenfalls die Tasche, die voll bepackt war, mit Obst, belegten Broten, Schokolade und vieles mehr für unsere Verpflegung für unterwegs.

In einer Thermoskanne hatten wir wie üblich, wenn wir verreisten, warmen Ingwertee mit.

Endlich konnte die Reise losgehen.

Ich machte es mir im Auto so richtig bequem und freute mich auf wunderschöne, unbeschwerte Urlaubstage in Italien. Aber zuerst einmal lagen zwei Tage für die Anreise, bis wir unser Ziel, den Gardasee erreichten, vor uns. Heute wollten wir nur bis hinter München fahren.

Ich hoffte inständig, dass dieses Mal die Fahrt ohne Komplikationen verlaufen wird und nicht so wie im letzten Frühjahr, als uns auf unserem Weg zum Tegernsee auf der Autobahn ein Reifen platzte. Lange, es kam mir vor wie die Ewigkeit, Minuten wurden zu Stunden, hatten wir in einem Graben direkt neben der Fahrbahn gestanden, um auf den Abschleppwagen zu warten, während uns die vorbeifahrenden dicken LKWs und Laster den eisigen kalten Wind um die Ohren wirbelten. Der brachte uns dann schließlich in eine Werkstatt. Wir hatten Glück, dass ein passender Reifen für unser Auto gefunden wurde. Mit dreistündiger Verspätung kamen wir am späten Abend an unserem Urlaubsort hundemüde an. Wir hatten das tolle Candleligth-Dinner verpasst. Uns wurden schnell noch ein paar belegte Brote serviert und dann ging es sofort ins Bett. Natürlich waren wir froh und dankbar, dass uns weiter nichts passiert war. Trotzdem, nein danke, das wollten wir nicht noch einmal erleben!

Heute geht alles gut!

Für den Abreisetag hatten wir bewusst den Sonntag gewählt, um möglichst schnell an unser Ziel zu gelangen. Bis zur Autobahn brauchten wir ungefähr zwanzig Minuten. Wie sich herausstellte, war sie heute doch voller als wir erwartet hatten, und ehe wir uns versahen standen wir im dicksten Stau. Nur sehr zögerlich kamen wir, Stück für Stück voran, bis wir nach zirka zwei, gefühlten drei Stunden endlich wieder Fahrt aufnehmen konnten. Die Autobahn hatte es heute aber in sich. Zudem machte uns ein plötzlich einsetzender Regenguss zu schaffen. Der Regen wurde immer heftiger, wir konnten nur sehr langsam fahren und schließlich befanden wir uns wieder in einem Stau. Mein Schatz blieb, wie immer, sehr ruhig und besonnen, aber ich hatte die Faxen langsam dicke und rutschte unruhig auf meinem Sitz hin und her. Als wir dann, nach langer Fahrt, endlich an unserem geplanten Ziel ankamen, waren wir beide geschafft und müde. Es war schon später Abend. Wir hatten uns unterwegs keine großen Pausen gegönnt.

Schnell wurden die Sachen für die Übernachtung ausgeladen, dann aßen wir unsere Brote und legten uns schlafen. Während mein Liebster sofort in einen tiefen Schlaf versank, wirbelte es in meinem Kopf noch ein wenig hin und her, ich konnte mal wieder meine Gedanken nicht so schnell abschalten. Aber dann holte auch mich der Schlaf ein.

Der Regen hatte in der Nacht nicht nachgelassen. Als wir die Gardine am nächsten Morgen zurückzogen, sahen wir nur tristes grau. Es regnete in Strömen und dazu war es sehr kalt geworden. Die Temperatur erinnerte eher an den Winter. Bei unserer gestrigen Abfahrt hatten wir sehr angenehme zweiundzwanzig Grad. Heute, zeigte das Thermometer gerade mal zwölf Grad an. Gut, dass ich dicke Sachen eingepackt hatte.

Ganz in Ruhe saßen wir in dem sehr gemütlich eingerichteten Frühstücksraum. Wir hatten keine Eile, schließlich hatten wir ja Urlaub. Wir ließen uns das ausgiebige Frühstück schmecken. Das schlechte Wetter konnte uns nichts anhaben, heute ging es in den Süden. Wir hatten wunderbar geschlafen. Gut gelaunt, in froher Erwartung auf tolle Urlaubstage, setzten wir unsere Reise fort.

Der Gardasee empfing uns mit einem lauten Knall! Unser Auto sprang, wie von Geisterhand getrieben, ein Stück vorwärts, während ich sehr unsanft zuerst nach vorne und dann wieder zurück in den Sitz gepresst wurde. Ein gewaltiger Schreck durchfuhr mich und ich rief entsetzt!
„Was machst du denn?"
Auf die Idee, dass wir gerade einen Unfall erlitten hatten, kam ich im Moment nicht! Ich glaubte, mein Schatz hätte einen Bock geschossen. Der saß allerdings ganz gelassen und seelenruhig neben mir und meinte, „jetzt ist uns einer hinten drauf gefahren!"
So, als wenn das, das Normalste von der Welt sei. Während ich versuchte, mich zu sammeln, stieg er aus, besah sich kurz die Rückseite unseres Autos und bat den italienischen Herrn, der den Unfall verursacht hatte und sehr erschrocken und depremiert aus seinem Wagen ausgestiegen war, die Polizei zu holen. Dann holte er die Kamera aus unserem Auto, um schnell einige Fotos, von der beschädigten Rückseite unseres Fahrzeuges, zu machen.
Bis zum Eintreffen der Polizei blieb ich im Auto sitzen. Wir konnten auf der Straße, direkt an einer Tankstelle, an der sich der Unfall ereignet hatte,

nicht stehen bleiben und waren beide mit den Fahrzeugen nebenan auf einen Parkplatz gefahren. Nur sehr langsam begriff ich das Ausmaß des Geschehens. Im ersten Augenblick war ich wie versteinert. Als dann, ganz allmählich, meine Lebensgeister zurück kehrten, merkte ich, dass mein Nacken nicht in Ordnung war. Er tat empfindlich weh!

„War es möglich", kam mir zu Bewusstsein, „dass unser Urlaub, der noch nicht einmal begonnen hatte, nun schon zu Ende war?"

„Wir waren doch eben erst in Riva am Gardasee angekommen und wollten schnell noch tanken, damit wir nicht in einem der langen Tunnel, die wir noch durchfahren mussten, ehe wir am Ziel ankamen, stehen blieben!"

„Wir hatten doch tatsächlich geglaubt, dass dieser Urlaub ohne Komplikationen und Irrfahrten, ganz in Ruhe verlaufen würde. Wir hatten uns auf ruhige und erholsame Tage gefreut! Einfach nur mal für eine kurze Zeit abschalten und alles hinter sich lassen! Die letzten Wochen waren wirklich sehr anstrengend gewesen!"

„War das denn jetzt, mit einem einzigen Knall, peng  aus und vorbei?"

Im Moment  konnte ich es einfach nicht begreifen!

Nachdem die Polizei eingetroffen war, schälte ich mich langsam aus meinem Sitz und stieg aus. Es war früher Nachmittag, noch nicht ganz drei Uhr. Die Sonne knallte, es war sehr warm, gut, dass ich mich unterwegs umgezogen und meine warmen Sachen gegen leichte Sommerbekleidung getauscht hatte.

Gleich hinter dem Brenner, hatte der Regen nachgelassen. Die düsteren Wolken waren allmählich verschwunden und hatten der Sonne Platz gemacht. Um so besser das Wetter wurde, um so größer war unsere Vorfreude auf tolle, unbeschwerte Urlaubstage, gestiegen!
Und nun das!

Während mein Schatz versuchte mit der Polizei und dem Verursacher des Unfalls alles zu klären, lief ich auf dem Parkplatz auf und ab, um mich von dem Schock ein wenig zu erholen und, um meinen Nacken, der sehr schmerzte, ein wenig zu lockern. Dabei hatte ich einen Blick auf unser Auto geworfen und festgestellt, dass es im Moment nicht so schlimm aussah, wie ich vermutet hatte. Aber das Auto, das uns angefahren hatte, hatte vorne eine mächtige Beule. Der Kühlergrill war stark eingedrückt. Den hatte es ganz schön erwischt!
Zum Glück sprach der Polizist ein wenig deutsch und wir konnten in gutem, beiderseitigem Einvernehmen alles regeln. Die Frage, ob jemand verletzt sei, beantworteten wir mit nein, gaben allerdings meine Nackenbeschwerden an, die ich jedoch später, bei einem Arzt an unserem Wohnort behandeln lassen wollte. Das hätte mir jetzt gerade noch gefehlt, dass ein Unfallwagen ankam und mich womöglich in ein Krankenhaus bringen würde!
Bloß das nicht!
Nach einer Stunde war alles soweit geregelt und wir konnten, da unsere Rücklichter heile geblieben waren, unsere Reise fortsetzen.

Das letzte Stück der Reise, das nun vor uns lag, war eigentlich der schönste Teil der Fahrt. Wir fuhren direkt am See entlang. Teilweise kamen wir durch sehr lange Tunnel, die aber seitlich offen waren, sodass man auch immer wieder einen tollen, umwerfenden Blick auf den See hatte.

Sehr zerknirscht und immer noch geschockt saß ich im Auto, während ich immer wieder mit der Hand an meinen schmerzenden Nacken fasste. Meine ganze Vorfreude war mit dem Knall verflogen, in alle Winde zerstreut, und irgendwie konnte ich immer noch nicht begreifen, was geschehen war. Das lag sicher an dem Schock.

Ich wunderte mich sehr über die Ruhe, die mein Ehegatte neben mir ausstrahlte. Aber auch nicht die kleinste Beschwerde kam von seinen Lippen. Es schien doch glatt so, als ob ihn der Unfall nicht im geringsten etwas ausgemacht hätte!

Komplett müde, schlecht gelaunt und völlig am Boden, hing ich zerknirscht neben ihm. Ich konnte nicht anders, ich musste meinem Unmut erst einmal Luft machen.


Die wunderbare Fahrt am See entlang, auf dem sich die Surfer tummelten, die Berge und die herrliche, südländische Vegetation, die Palmen und Blumen, auf die ich mich so gefreut hatte und die mich sonst in helle Begeisterung versetzte, das alles konnte mich heute nicht treffen.

Mitleidig sah mein Schatz zu mir rüber und versuchte, mich zu trösten.


Die Fahrt bis zu unserem Urlaubsort dauerte eine knappe Stunde. Gegen fünf Uhr kamen wir dort an. Nachdem wir das Auto auf dem Parkplatz vor dem

Hotel abgestellt hatten, gingen wir erst mal zur Rezeption, wo wir sehr herzlich empfangen und wie gute Freunde, die sich schon sehr lange kennen, begrüßt wurden. Wir hatten uns jedoch erst vor vier Jahren kennen gelernt und uns sofort mit Sophia, die das Hotel leitete, angefreundet. Vom ersten Augenblick an haben wir uns auf Anhieb verstanden. Sie war aber auch sehr nett und freundlich und äußerst zuvorkommend.

Nach dem ersten Begrüßungsansturm kamen wir sehr schnell auf unseren Unfall und meine Nackenbeschwerden zu sprechen. Sophia meinte; „am besten du legst dich bis zum Abendessen erst mal hin!"

Nachdem unsere Koffer und weitere Utensilien ausgepackt und im Zimmer verstaut waren, ging ich aber erst mal auf den Balkon. Schon beim Betreten des Zimmers war man berauscht von dem fantastischen Blick aus dem großen Fenster, das die ganze rückwärtige Wand einnahm. Der Blick ging direkt auf den See, auf Palmen, Blumen und die dahinter liegenden Berge. Die Strahlen der Sonne, die sich langsam senkte und bald hinter den Bergen verschwinden würde, lagen auf dem See und ließ ihn in tiefstem blau erstrahlen.

An beiden Seiten des Balkons, der mit einer weißen Pergola überdacht war, rankten wunderbare, in voller Blüte stehende Bougainville. Sie machten den Blick auf den See noch prachtvoller. Das konnte ich mir jetzt nicht entgehen lassen, diesen Anblick musste ich erst mal in vollen Zügen genießen.

Ja, genau so hatte ich es in Erinnerung gehabt.

Danach legte ich mich aber gleich auf das bequeme, große Polsterbett, das mit einer sehr hübschen, goldig glänzenden Decke, die nicht kitschig, eher elegant wirkte, abgedeckt war. Ich versuchte mich zu entspannen.

Mensch tat das gut!

Eine Wohltat für den ganzen Körper, aber besonders für meinen arg mitgenommen Nacken. Der Schmerz zog bis in die Schultern und bis in den Kopf.

Ich bemühte mich meine Gedanken abzuschalten, dass gelang mir aber nur für ganz kurze Zeit. Ich war noch viel zu sehr angespannt. Der Unfall hatte mich ganz schön mitgenommen und in meinen Gedanken flatterte alles hin und her, wie kleine Schmetterlinge, die mal hier und mal dort hinflogen. So schnell konnte ich das nicht verarbeiten.

Wir konnten ja noch von Glück sagen, dass weiter nichts passiert war und wir sogar noch mit unserem Auto weiterfahren konnten. Es hätte ja noch viel schlimmer kommen können! Ich war doch sehr froh und dankbar, dass wir hier überhaupt angekommen sind.

Trotzdem, kann ich mit meinen Beschwerden im Nacken meinen Urlaub jetzt noch so erleben und genießen, wie wir uns das vorgestellt hatten?

So ein richtiges Glücksgefühl wollte in mir nicht aufkommen, ich war eher sauer und völlig genervt.

Vielleicht ist ja doch alles nicht so schlimm, wie ich es im Moment vermutete. Ich schloss meine Augen und versuchte abermals mich zu entspannen.

Doch was war denn das!

Aus dem Nachbarzimmer ertönten die Klänge einer Gitarre zu mir herüber. Das war ja reichlich seltsam.

Es waren keine Lieder, die dort gespielt wurden. Jemand übte immer und immer wieder die gleichen sehr kurzen Stücke. Man hörte, dass es kein Anfänger war der dort spielte, aber welcher Idiot sitzt denn in seinem Urlaub auf dem Zimmer und übt Gitarre?

Und das bei dem herrlichen Wetter!

Bei schlechtem Wetter könnte ich es ja noch verstehen!

„Hörst du die Gitarrenmusik?"

Mein Schatz, der noch mal an unserem Auto war, um sich den Schaden in aller Ruhe anzusehen, war ins Zimmer getreten.

„Ja", meinte er.

„ Findest du das nicht auch komisch",  wollte ich von ihm wissen?

„Bei dem schönen Wetter, könnte ich mir doch etwas anderes besser vorstellen, als im Zimmer zu sitzen und Gitarre zu spielen! Und immer das gleiche!"

„Der spielt doch sicher nur mal ein Stündchen", versuchte er mich zu beruhigen, während er das Zimmer durchquerte, um auf den Balkon zu gehen. Es war ihm nicht entgangen, das es mich im Moment nervte.

Ja, das Gespiele, immer das selbe rauf und runter, ging mir ganz schön auf den Wecker. Ich konnte mich einfach nicht entspannen. Im Normalfall hätte es mir vielleicht nichts ausgemacht, aber heute, nein heute wäre ich am liebsten aufgestanden, hätte nebenan an die Tür geklopft und gesagt, „hören sie mit dem Geklimper auf!"

Schließlich stand ich auf und setzte mich ebenfalls auf den Balkon. Es war auch schon Zeit fürs Abendessen. Wir hatten auf der Fahrt nicht viel gegessen und dementsprechend Hunger. Schnell zogen wir uns um und gingen runter in den Speisesaal.

Nach dem ausgiebigen Abendessen ging es uns schon viel besser. Gleich danach begaben wir uns aber wieder auf unser Zimmer und ich machte es mir wieder auf dem Bett bequem. Normalerweise würden wir jetzt nicht auf dem Zimmer hocken, sondern wir würden einen ausgiebigen Spaziergang durch die romantischen Gässchen, bis hin zu dem kleinen Hafen machen. Heute jedoch sehnte ich mich nach Ruhe und nach meinem Bett. Schon während des Abendessens hatte sich eine große, bleierne Müdigkeit über mich gelegt, ich war wie erschlagen. Das lag wohl immer noch an dem Schock!
Während ich versuchte mich zu entspannen, vielleicht gelang es mir ja ein wenig zu schlafen, steuerte mein Liebster gleich wieder dem Balkon zu. Auch am Abend, inzwischen war es dunkel geworden, war es herrlich hier zu sitzen und auf das Wasser und die Lichter auf der gegenüberliegenden Seite des Sees, zu schauen. Die Wärme des Tages saß noch in den Mauern, es war angenehm warm. Vom Strand her hörte man ein leises gluckern. Ein schwacher Wind hatte das Wasser in kleine Wellen gelegt, beim Aufschlagen der Wellen auf den Kies am Strand, ertönte dieses Geräusch. Es war sehr entspannend.

Sobald ich auf dem Bett lag, schloss ich die Augen. Ich wollte nichts anderes, nur ausruhen! Vielleicht hatte ich zehn Minuten gelegen, es kam mir nicht lange vor, als wieder die Gitarrenmusik an mein

Ohr drang. Sofort war es mit meiner Entspannung vorbei. Krampfhaft versuchte ich nicht darauf zu hören und an etwas anderes zu denken. Das war aber nicht möglich. Die Partituren, die nebenan geübt wurden, wiederholten sich immer und immer wieder und nahmen kein Ende.

„Was ist denn das für ein seltsamer Spinner?", ging es mir durch den Kopf.

„Das hatte uns gerade noch gefehlt, dass so ein Idiot neben uns wohnte, der den ganzen Tag, bis in die Nacht nichts anderes tat, als auf seiner Gitarre zu klimpern."

Ich schaute auf die Uhr, es war schon lange nach neun Uhr, bald halb zehn! An ausruhen war nicht zu denken und schon gar nicht an schlafen. Genervt stand ich auf und setzte mich ebenfalls auf den Balkon.

„Vielleicht", meinte mein Göttergatte, der sich meine Klagen angehört hatte, „gehen wir mal nach unten zu Sophia und fragen, was hier los ist?"

Sophia sah uns freundlich an. Sie hatte volles Verständnis für uns, sie sah, dass wir müde und abgespannt waren und uns nicht nach Musik zumute war.

„Ihr habt zwei junge Leute aus Korea neben euch wohnen. Die nehmen in ein paar Tagen, hier im Ort, an einem Wettbewerb teil und müssen den ganzen Tag üben!"

Auf unsere nicht gerade begeisterten Gesichter hin meinte sie, „ aber um zehn Uhr ist Ruhe, dann dürfen sie nicht mehr spielen!"

Wir gingen noch ein wenig auf der schmalen Straße, die das Hotel vom Strand trennte, auf und ab. Sobald der Zeiger auf zehn Uhr zu ging, gab es kein Halten mehr, in null Komma nix lagen wir im

Bett und im nu war mein bester aller Ehemänner, wie ich an seinen ruhigen Atemzügen feststellte, eingeschlafen.

Beneidenswert, wie das bei ihm so klappte!

Warum klappte das bei mir nicht?

Ich war doch ebenso müde wie er!

Waren Männer anders gepolt als Frauen?

Oder war nur ich so komisch gestrickt?

Nachdem ich längere Zeit auf dem Rücken gelegen hatte und den ruhigen Atemzügen neben mir gelauscht hatte, versuchte ich mein Glück auf beiden Seiten. Zuerst legte ich mich auf die rechte Seite, dann auf die linke und zum Schluss lag ich wieder auf dem Rücken. Da war aber nichts zu machen, meine Gedanken ließen sich nicht abstellen. Alles, was sich an dem heutigen Tag ereignet hatte, zog an mir vorbei, immer wieder aufs Neue!

Schließlich stand ich auf, schlich ins Bad und holte aus meiner Tasche die Packung mit den Schlaftabletten. Ein kleines Stückchen würde genügen. Mit einem kräftigen Schluck von unserem mitgebrachten Mineralwasser, das ich aber erst mal bei der Dunkelheit in unserem Zimmer nicht gleich fand und erst mal suchen musste, spülte ich es runter und begab mich wieder ins Bett. Es dauerte nicht lange und der ersehnte Schlaf legte sich auch über mich.

Beim Aufziehen der Gardine am nächsten Morgen, die Gardine war verstärkt und hatte das Zimmer während der Nacht angenehm abgedunkelt, sah die Welt schon etwas angenehmer aus, als am gestrigen Abend. Die Sonne lachte uns von einem blauen, wolkenlosen Himmel entgegen und versprach gutes Wetter. Der See lag in tiefstem blau vor uns. Wir hatten gut und lange geschlafen. Schnell zogen wir uns an und begaben uns in den Speisesaal.

Natürlich drehte es sich bei unserer Unterhaltung beim Frühstück nur um eines, um unseren Unfall und nichts konnte meinen Schatz davon abhalten, er war schon ganz unruhig, er musste erst mal einiges telefonisch regeln.

Ich wäre ja am liebsten gleich nach dem Frühstück spazieren gegangen. Ich brannte schon darauf, durch die kleinen Gassen zu schlendern, aber ich musste mich erst mal in Geduld üben, im Moment gab es wichtigeres zu erledigen. Das sah ich natürlich ein und gleich, nach dem wir wieder im Zimmer waren, legte ich mich aufs Bett. Mein Nacken schmerzte.

Der ganze Vormittag ging mit Gesprächen, die mein Schatz mit mehreren Versicherungen führte, hin. Ohne Sophias großartige Hilfe, hätte er das nicht bewältigen können. Immer wieder lief er die Treppen zu ihr an die Rezeption hinunter, um sie zu bitten, für ihn, im Internet etwas nachzusehen. Sie war immer sehr freundlich und sehr hilfsbereit.

Nachdem ich eine Weile auf dem Bett gelegen hatte, setzte ich mich auf den Balkon. Schon vor dem Frühstück hatten wir meinen Nacken mit einer mitgebrachten Salbe, die gegen Verstauchungen und ähnliches half, eingerieben. Aber das längere sitzen und auf dem Bett liegen bekam mir nicht. Ich war unruhig.

Als die Telefongespräche kein Ende nehmen wollten, wurde ich ganz zappelig. So hatte ich mir den ersten Urlaubstag nicht vorgestellt und Geduld war noch nie meine Stärke. Der Schmerz in meinem Nacken trug auch nicht dazu bei, meine momentane, ein wenig missliche Laune zu verbessern. Es war schon lange nach zwölf Uhr, als wir endlich losgehen konnten.

Gleich vom Hotel aus liefen wir durch die schmalen, verwinkelten Gassen, vorbei an sehr alten, im italienischem Stil erbauten Häusern, an denen teilweise, wunderbar über und über blühende Bougainville rankten. Es war herrlich, hier so gemütlich bei dem schönen Wetter entlang zu schlendern.
Wir gelangten zu dem kleinen Hafen. Um das viereckig angelegte Hafenbecken, in dem die Boote im Wasser leicht hin und her schaukelten, standen Seite an Seite viele Zitronenbäume. Die orangefarbigen Früchte, die unter den saftig, grünen Blättern hervorlugten, leuchteten in der Sonne. Unter den Zitronenbäumen standen weiße Bänke, die zum Verweilen einluden. Wir setzten uns auf die Kaimauer und genossen für einen Moment den herrlichen Blick auf den See. An beiden Seiten des Hafens lagen kleine Restaurants. Große, weiße Sonnenschirme waren über die bequemen Sitzgruppen, die längs der Kaimauer standen, gespannt.
Wir zogen weiter durch die kleinen, romantischen Gassen, stiegen eine Treppe hinunter und kamen direkt an den See, liefen vorbei an wunderbar in rosa und weiß blühenden Oleanderbüschen, und gelangten zu einem langen und breiten Holzsteg, der uns schließlich bis zu dem großen Hafen brachte.

Gleich, wenn man am Ende des Holzsteges, an dem auf dem letzten Stück viele, mit großen Sonnenschirmen überdachten Sitzgruppen standen, die zu mehreren Restaurants gehörten, angekommen war, viel der Blick voll auf den großen Hafen. Man war völlig überwältig von der tollen Kulisse. Es sah einfach fantastisch aus. Die alten Patrizier Häuser, die um das, wiederum viereckig angelegte Hafenbecken standen, die weißen Bänke unter den Zitronenbäumen, die Schiffe, die sich im Wasser wiegten, man kann es nicht beschreiben, wie umwerfend es aussah.

Wir schlenderten um das Hafenbecken herum und kamen wiederum zu einer längeren Allee aus Zitronenbäumen. Am Fuß der Bäume waren kleine Beete mit Blumen, die überschwänglich blühten. In der Mitte der Allee standen wieder viele weiße Bänke. Von hier war der Blick auf den See, der in seiner ganzen Breite vor uns lag, einzigartig. Wir suchten uns in einem der kleinen Restaurants einen Platz.

Wir saßen auf dicken, weißen Polstern, die wiederum in weißen, sehr bequemen Sesseln lagen. Über uns bot ein weißer Schirm Schutz vor der Sonne, die es heute gut mit uns meinte. Sie strahlte von einem tiefblauen Himmel, nur ganz in der Ferne segelten ein paar weiße Wölkchen vorbei. Hier zu sitzen war wunderbar!

Der Ober brachte uns ein großes, kühles Getränk, das herrlich nach Zitrone schmeckte und servierte uns dazu kleine belegte Brote, Oliven und ein Schälchen mit Chips.

Ab und zu kam ein Schiff an. Sobald das Schiff, direkt uns gegenüber an der Kaimauer angelegt hatte, entströmten ihm viele Urlauber und als die am Kai bereits wartenden Leute eingestiegen waren, fuhr es gemächlich wieder davon. Die Zitronenallee lag direkt vor uns. Ihre leuchtenden, grünen Blätter glänzten in der Sonne, so, als wenn sie mit einer glänzenden Farbe besprüht waren. Und unter den Blättern hingen in knalligem dottergelb ihre Früchte. Einige Spaziergänger, in luftig, leichter Sommerbekleidung schlenderten vorbei und setzten sich auf die Bänke unter den Bäumen. Ganz allmählich ließ die Anspannung der letzten Tage nach, ich vergaß sogar meine Nackenbeschwerden.

Dieses hier war unser absoluter Lieblingsplatz. Meine anfänglich schlechte Laune legte sich und machte einer tiefen Dankbarkeit Platz, dass es uns doch noch vergönnt war, hier zu sein. Es hätte ja auch anders ausgehen können. Erst am späten Nachmittag bummelten wir gemächlich, Hand in Hand, wie ein junges verliebtes Pärchen wieder zurück ins Hotel, und während ich mich vor dem Abendessen noch ein wenig auf dem Bett ausruhte, nahm mein Schatz ein erfrischendes Bad im See.

Ich lag ganz entspannt auf dem Bett und ließ meinen Gedanken freien Lauf. Wir hatten einen sehr schöner Nachmittag verlebt. Ich freute mich auf das leckere Abendessen.

„Was machen denn die Gitarrenspieler?", wollte mein Angetrauter wissen, als er gut gelaunt vom schwimmen kam und ins Zimmer trat.

„Nanu, die hatten wir ja heute noch nicht gehört!", ob sie einen Ruhetag eingelegt hatten", überlegten wir?

Heute Morgen, vor dem Frühstück, hatte uns Sophia mit einem der Musiker, der gerade flink an uns vorbei geschlendert war, bekannt gemacht. Sehr freundlich hatte er uns mit einer tiefen Verbeugung begrüßt. Er sah sehr jung aus. Sophia stellte uns als seine Zimmernachbarn vor und bat ihn, er möchte ein wenig Rücksicht auf uns nehmen.

Nach dem Abendessen trödelten wir noch ein wenig herum. Schlenderten bis zu dem kleinen Hafen, setzten uns auf die Kaimauer und genossen die immer noch warme Luft, sodass man selbst am Abend noch in leichter Bekleidung gehen konnte. Allerdings machte mein Nacken mir noch reichlich Probleme, deshalb legte ich mich, als wir zurück waren, gleich aufs Bett, während mein Schatz noch den lauen Sommerabend auf dem Balkon genoss. Heute wollten wir nicht zu spät schlafen gehen.

Nebenan, auf der rechten Seite unseres Zimmers, in dem die beiden Gitarrenspieler wohnten, war es ruhig und aus dem Zimmer auf der linken Seite hörte man auch nichts. Wir freuten uns auf eine angenehme, ruhige Nacht.
Gerade hatten wir es uns im Bett so richtig bequem gemacht, da hörten wir vom Flur her Schritte, begleitet von lauten Stimmen. Nebenan, auf der linken Seite, wurde die Zimmertür nicht gerade sanft, unter lautem Palaver, geöffnet. Nur kurz hielten sie sich in ihrem Zimmer auf, um sich dann auf dem Balkon, bei einer angeregten, lauten Unterhaltung, niederzulassen. Wie man an den Stimmen erkennen konnte, handelte es sich um eine Mutter mit zwei Kindern, die anscheinend den Kinderschuhen schon etwas länger entwachsen waren. Wahrscheinlich mussten hier im Urlaub,

spät abends auf dem Balkon, alle Probleme, zu denen sie zu Hause wohl nicht kamen, durchgekaut werden. Die Mutter sprach heftig auf die Tochter ein, während diese mit jammernder Stimme antwortete. Anscheinend hatte die Tochter eine Ausbildung angefangen und wollte diese beenden. Die Mutter war völlig dagegen und sprach deshalb immer dinglicher auf sie ein.

Ich war so müde und allmählich sauer, „konnten die sich denn nicht leiser unterhalten!"

Schließlich musste doch nicht das ganze Hotel wissen, was sie für Probleme hatten. Die Zeiger der Uhr hatten schon lange die elfte Stunde überschritten und es ging auf zwölf zu, als es nebenan endlich ruhig wurde.

Sehr spät war ich eingeschlafen. Wir ließen uns am anderen Morgen Zeit und schliefen etwas länger. Mein Schatz war als erster aufgestanden und hatte schon mal einen Blick hinter die Gardine riskiert. Gleißendes Sonnenlicht trat ihm entgegen, er musste richtig blinzeln. Freudestrahlend rief er mir zu, „ steh auf, wir haben tolles Wetter!"

Bevor wir zum Frühstück runter gingen, trat ich aber erst noch mal kurz auf den Balkon.

War das wieder eine Aussicht!

Einfach herrlich!

Jeden Morgen wieder war ich aufs neue entzückt von dem wunderbaren Blick!

Ich freute mich auf das Frühstück!

Heute konnte ich es in aller Ruhe genießen, ich brauchte mich nur an den gedeckten Tisch setzen, um mich dann von vorn bis hinten bedienen zu lassen! Das genoss ich im Urlaub immer ganz besonders.

Wir ließen uns viel Zeit.

Danach war wieder spazieren gehen angesagt. Die leichte Bewegung beim Gehen, lösten die Verspannungen in meinem Nacken, der mir immer noch Beschwerden bereitete, ein wenig.

Am großen Hafen gab es einige interessante Geschäfte, die wir uns heute mal näher ansehen wollten. Dort gab es auch sehr leckeres Eis. Heute gönnten wir uns jeder eine große Portion und setzten uns damit auf eine Bank unter einen Zitronenbaum. Die Ruhe tat uns beiden gut, irgendwie hatten wir sie im Moment nötig.

Wieder zurück im Hotel, musste ich mich jedoch erst mal wieder auf mein Bett legen.

Es war sehr ruhig im Zimmer!

Auch aus den Nachbarzimmern hörte man nichts.

„Ob die Gitarrenspieler nicht da waren?"

Wir hatten sie heute noch nicht gehört!

Am späten Nachmittag, vorher hatten wir uns mit etwas Obst und Joghurt gestärkt, zog es uns zum Strand. Das schöne Wetter mussten wir doch ausnutzen.

Um an den Strand zu gelangen brauchten wir nur über die kleine Straße gehen, deshalb zogen wir, schon auf dem Zimmer, unsere Badesachen an. Ich schmiss nur noch ein kleines, leichtes Kleidchen über, und schon konnten wir losmarschieren.

Bei unseren früheren Urlauben in Kroatien hatten wir, wegen der Kiesstrände, uns dicke Matten, die mit einem bunten Stoff überzogen waren und die sich wunderbar falten ließen, zugelegt. Auch hier gab es einen Kiesstrand, da konnten wir sie sehr gut gebrauchen. Natürlich konnte man sich hier auch Liegen mit Sonnenschirm leihen, das war uns allerdings zu teuer. Wir liebten es, die Matten direkt an den unteren, etwas abschüssigen Strand zu legen. Es war so angenehm, dem gluckern des Wassers, das auf den Strand mal mehr und mal weniger aufschlug, zuzuhören, dabei konnte man sich herrlich entspannen und seinen Gedanken freien Lauf lassen. Mein Schatz zog es natürlich gleich ins Wasser, ich aber genoss die wunderbare Atmosphäre.

Hier hätte ich noch Stunden verbringen können, aber der Abend näherte sich schnell, die Sonne war bereits hinter den Bergen verschwunden und das Abendessen lockte. Natürlich hatten wir guten Appetit, was bei der leckeren, italienischen Kost kein Wunder war.

Abends war ich wieder geschafft, bis auf einen kleinen Spaziergang zum kleinen Hafen unternahmen wir nichts weiteres.

Während ich auf dem Bett lag, blätterte mein Gatte, auf dem Balkon sitzend, in den Unterlagen, die unseren Unfall betrafen. Auch heute Morgen hatte er noch einige Male mit einer Versicherung telefoniert, die ihm Unterlagen zusenden wollte.

Auf beiden Seiten unseres Zimmers war es ruhig. Keine Gitarrenklänge aus dem Nachbarzimmer, kein lautes Geplapper vom Balkon nebenan. Unter uns saßen einige Gäste auf ihren Balkonen und unterhielten sich leise. Gegen elf Uhr machten wir uns bereit für die Nacht.

Gerade als wir uns schlafen gelegt hatten, wurde es nebenan, in dem Zimmer auf der linken Seite wieder unruhig. Aha, Muttern war mit ihren Kindern wieder eingetroffen.

Bei lauten Gesprächen liefen sie im Zimmer hin und her und landeten dann wieder draußen auf ihren Balkonstühlen. Ohne Rücksicht auf eventuell schlafende Gäste wurde wieder lautstark diskutiert und gejammert.

Meine Güte, was die aber auch für Probleme wälzten! Mussten die denn nun wirklich alle während des Urlaubs, spät abends auf dem Balkon, geklärt werden?

Genervt stand ich auf, kramte aus meiner Tasche die Ohrstöpsel raus, knetete sie so tief in meine Ohren rein, bis ich nichts mehr hören konnte. Angenehm war es nicht mit diesen Dingern zu liegen.

Sobald ich mich auf die Seite legte, drückten sie gewaltig am Kopf. Aber es ging nicht anders. Ich döste einige Zeit vor mich hin, nahm die Stöpsel wieder raus und stellte fest, dass auf dem Balkon nebenan immer noch keine Ruhe eingetreten war. Ich blickte zur Seite und sah, dass mein Liebster neben mir die Augen geschlossen hatte. Anscheinend schlief er. Also, wieder rein mit den Quälgeistern und versuchen, auf dem Rücken wieder einzuschlafen und bloß nicht auf die Seite legen! Das war natürlich besser gesagt als getan. Es dauerte eine ganze Weile, bis ich wieder eingedöst war, um dann erneut wach zu werden.

„Die sind ja immer noch am diskutieren!"

„Sind die denn von allen guten Geistern verlassen, meinen wohl sie haben das Hotel nur für sich alleine gebucht!"

Ich sah nach meinem Liebsten, der ganz ruhig auf der Seite lag und, wie ich meinte, selig schlummerte. Erst am frühen Morgen, so gegen vier Uhr kehrte endlich Ruhe ein. Ich hatte gerade wieder die lästigen Proppen aus den Ohren genommen, als es neben mir tönte, „endlich ist Ruhe!"

Also hatte auch er nicht schlafen können!
Und nur aus Rücksicht auf mich, da auch er glaubte, ich würde schlafen, war er nicht aufgestanden, um sich zu beschweren. Das erfuhr ich allerdings erst am nächsten Morgen von ihm.

Nach dieser unruhigen Nacht hatte ich besonders mit meinen Nackenbeschwerden zu kämpfen. Bei jedem Schritt zog es mir gewaltig in den Kopf und in die Schultern, und ich war froh, als ich mich mittags wieder auf meinem Bett ausstrecken konnte. Ich döste vor mich hin und hoffte auf die kommende Nacht, die hoffentlich ruhiger verlaufen würde.
Wir hatten am Morgen mit Sophia gesprochen und erfahren, dass sich mehrere Gäste beschwert hatten. Kurzerhand hatte sie die Bitte der Frau auf Verlängerung des Urlaubs, abgelehnt. Die hatte wütend ihre Kinder geweckt und aus dem Bett geschmissen, die gerne, nach der durchzechten Nacht, noch bis mittags geschlafen hätten. Aber, bis zehn Uhr mussten die Zimmer spätestens geräumt sein, hatte Sophia ausdrücklich betont.
Pech gehabt!

Das Wetter am nächsten Morgen war nicht so gut. Der Himmel war bedeckt und das Blau des Sees hatte sich in grau verwandelt. Es sah nach Regen aus.
Wir entschlossen uns zu einem Ausflug nach Salo. Dazu mussten wir etwa zwanzig Kilometer die Küstenstraße runter fahren. Wir kamen durch kleine, verwunschene Ortschaften, an Alleen, herrlich in rosa, rot und weiß blühender Oleander vorbei. An manchen Stellen war die Straße sehr

schmal und neben ihr ging es steil den Hang hinunter, während auf der anderen Seite der Straße schroffe Felsen empor ragten. Ich liebte die Fahrt auf der kurvenreichen Küstenstraße, die auf dieser Seite des Sees mit zu den romantischen Straßen am Gardasee zählte, sehr. Nach jeder Kurve sah es noch prachtvoller aus und der Blick auf den See war einfach bombastisch.

Unterwegs hatte es angefangen zu regnen, als wir uns jedoch Salo näherten riss der Himmel auf. Die Sonne lugte erst ein wenig hervor, aber als wir aus dem Auto ausstiegen, wir hatten relativ schnell einen Parkplatz gefunden, hatten sich die dunklen Wolken verzogen und der Sonne Platz gemacht.

Wir kannten den Ort schon von einem früheren Aufenthalt am Gardasee, recht gut. Er ist größer als der Ort in dem wir wohnen, aber auch er ist sehr romantisch und hat eine sehr lange, gepflegte Uferpromenade, mit sehr vielen Geschäften und Restaurants. Beim gemütlichen Bummel auf der Promenade stellte ich sehr erfreut fest, dass mein Nacken nur noch wenig schmerzte. Die Ruhe in der letzten Nacht hatte mir sehr gut getan. Wir verlebten einen wunderschönen Tag in Salo.

Am nächsten Tag war das Wetter wieder etwas durchwachsen. Der Ausflug gestern war toll und war mir gut bekommen. Heute wollten wir mit der Autofähre auf die andere Seite des Sees fahren, um auch die dortigen Orte, die von uns aus winzig klein und kaum wahrnehmbar wirkten, kennen zu lernen.

Das Wetter war ja wirklich nicht besonders. Bei der Überfahrt mit der Fähre sah es schon gefährlich nach Regen aus. Es gab auch einen kleinen, kurzen

Schauer, sodass wir uns im inneren des Schiffes aufhalten mussten. Seit gestern war es wesentlich kühler geworden, aber die Temperatur war gerade richtig für unser heutiges Programm. Als wir die Fähre verließen und unser Auto wieder in Empfang nehmen konnten, hatte der Regen nachgelassen, und allmählich kam die Sonne wieder zum Vorschein.

Die Fahrt auf der Uferstraße, auf dieser Seite des Sees, war doch etwas anders. Sie war aber auch sehr idyllisch. Auch hier gab es sehr hohe Berge, aber nicht die schroffen Felsen wie drüben, durch die an vielen Stellen die Uferstraße direkt hindurch führte.

In jedem kleinen Ort hielten wir an und machten einen Rundgang. Einmal liefen wir sogar viele, viele Treppen hinauf. Es war der erste Ort. Er hatte wie alle anderen kleineren Orte einen viereckig angelegten Hafen, um den sich einige Restaurants und kleinere Läden befanden. Aber der eigentliche Wohnort zog sich steil den Hang hinauf. Wir ließen es uns nicht nehmen, wir wollten unbedingt die Aussicht von oben genießen. Es bereitete uns großes Vergnügen die Treppen zu erklimmen, während wir durch sehr winzige, verwinkelte und romantische Gassen kamen, an denen die alten Häuser am Berg klebten.

Die meiste Zeit verbrachten wir aber in Malcesine. Der Ort war wesentlich größer. Die Altstadt lag sehr malerisch direkt unter einer alten Burg. Es ist ein sehr bekannter Ort, der viele Besucher anzieht. Im Hafen kamen laufend die Ausflugsschiffe an, denen viele Leute entströmten. Durch die Größe des Ortes verliefen sie sich jedoch, sodass es nicht übermäßig voll war. Direkt oben am Hang, unter der alten Burg, entdeckten wir ein kleines, sehr idyllisches Restaurant. Der Eingang lag so versteckt, dass man nicht vermutete, dass es dieses reizende Restaurant gab. Verträumt saßen wir auf sehr bequemen Sesseln, unter Schatten spendenden Olivenbäumen und unter schon ein wenig in die Jahre gekommenen, ein wenig brüchigen Balustraden, an denen der Wein rankte. Die dicken blauen Trauben glänzten in der Sonne. Während wir unseren Kaffee tranken, streifte unser Blick die alte Burg, die umgeben war mit grünen Gewächsen und Palmen. Etwas seitlich, unterhalb der Burg, standen einige in italienischem Stiel erbaute ältere Häuser, deren Farbe schon etwas verblichen war. Und genau durch den schmalen Spalt, zwischen Burg und dem letzten Haus glitt der Blick direkt aufs Meer. Dort, wo die Strahlen der Sonne auf die Wellen des Sees fielen, glitzerte es gewaltig. Hier hätten wir noch lange sitzen können, aber die Uhr am Parkplatz, die wir schon einmal zwischendurch wieder aufgefüllt hatten, war leider abgelaufen und mahnte zum Aufbruch.

Den ganzen Tag waren wir unterwegs und kamen erst zum Abendessen wieder in unserem Hotel an. Auf der Rückfahrt dachten wir an unsere beiden Musiker aus Korea. Uns war aufgefallen, dass wir sie in den letzten Tagen überhaupt nicht gesehen und gehört hatten. Wir machten uns schon Sorgen, dass sie eventuell zu viel Rücksicht auf uns genommen hatten, und deshalb bei dem Wettbewerb schlecht abschneiden, oder sogar verlieren würden.

Sofort nach unserer Ankunft sprachen wir mit Sophia darüber.

„Macht euch keine Sorgen, die üben fleißig! Sie halten sich mehr in dem Zimmer auf, das nicht direkt neben dem euren liegt, sondern in dem nächsten", beruhigte sie uns.

„Morgen ist übrigens schon die Veranstaltung", meinte sie freundlich.

Am nächsten Tag war der Sommer wieder zurückgekehrt und brachte viel Sonne, mit angenehmen warmen Temperaturen. Den Morgen verbrachten wir mit einem ausgedehnten Spaziergang bis zur Altstadt und dann liefen wir noch ein Stückchen weiter an der Küste entlang.

Es war so schön heute!

In unserer leichten Sommerbekleidung fühlten wir uns so leicht und beschwingt. Wie ein junges, frisch verliebtes Pärchen schlenderten wir dahin. Erst am späten Nachmittag kamen wir zurück, schlüpften in unsere Badesachen und legten uns auf unsere dicken Matten auf den Kiesstrand, wie immer, direkt an den Rand des Sees. Wir lauschten dem leise Rauschen des Wassers, das manchmal auch etwas heftiger wurde, wenn gerade ein Schiff vorbei gezogen war. Schwammen eine Runde und erst, als die Sonne hinter den Bergen verschwunden war, zogen wir uns im Zimmer schnell um und begaben uns ins Restaurant zum Abendessen.

Nach dem leckeren und ausgiebigen Abendessen brauchten wir noch unbedingt ein wenig Bewegung und entschlossen uns zu einem kleineren Spaziergang. Auf unserem Weg zum kleinen Hafen kamen uns die beiden Koreaner, mit ihrer Gitarre unter dem Arm entgegen. Sie lächelten uns sehr freundlich an. Heute war ja der Wettbewerb gewesen. Natürlich wollten wir von ihnen wissen, ob sie gut abgeschnitten und vielleicht sogar gewonnen hatten. Wir erfuhren, dass sie zwar erfolgreich waren, jedoch nicht den ersten Platz erringen konnten. Wir plauderten ein wenig auf englisch, so weit wir es konnten, mit ihnen und erfuhren, dass morgen, am Abend, ein Konzert, zum Abschluss der Veranstaltung stattfinden sollte. Plötzlich sagte der kleinere der beiden auf deutsch zu uns.

„Wir gehen zusammen?"

Dabei blickte er uns fragend an.

„Hallo, der spricht ja deutsch!"

Sehr erstaunt sahen wir uns an.

„War das jetzt eine Einladung?"

„Ja", betonte er, sie würden sich sehr geehrt fühlen, wenn wir mitkämen.

Sehr erfreut über die nette und außergewöhnliche Einladung, sagten wir gerne zu und erfuhren von ihm, dass er in Korea, am Goethe-Institut studiert, und dort auch ein wenig die deutsche Sprache gelernt hatte.

Als wir wenig später zu unserem Zimmer kamen, klebte dort ein kleiner Zettel an der Tür. Es war die Einladung zu dem morgigen Konzert, das um zwanzig Uhr vierzig beginnen sollte.

„Wir warten um acht Uhr vor dem Hotel auf sie", stand noch weiter auf dem Zettel.

Das war ja wirklich nett von den beiden!

Wir liefen mit dem Zettel in der Hand an die Rezeption zu Sophia, um ihr die Einladung zu zeigen.

„ Das ist ja super", meinte sie.

„ Die beiden sind wirklich sehr freundlich und sehr aufmerksam!"

Am nächsten Abend nahmen wir sehr früh unser Abendessen ein, damit wir auch pünktlich um acht

Uhr an der Rezeption erscheinen konnten. Den ganzen Tag über freuten wir uns schon auf den Abend. Schnell schlüpfte ich nach dem Abendessen in ein weißes, leichtes Sommerkleid, das zwar schon etwas älter war, das ich aber in diesem Sommer wieder neu entdeckt hatte. Auch mein Liebster hatte sich schick gemacht. Als wir eine viertel Stunde vor der verabredeten Zeit, an der Rezeption erschienen, wurden wir schon freudig erwartet.

Sie waren gerade dabei ein paar Erinnerungsfotos zu machen. Wir hatten auch unseren Apparat mit, und natürlich wollten auch wir ein paar schöne Bilder haben. Sehr lustig ging es dabei zu. Fast alle, die im Hotel beschäftigt waren, Sophia, ein junger Kellner und das Zimmermädchen, kamen mit auf das Foto.

Dann war es auch schon höchste Zeit zum Aufbruch, es war schon etwas nach zwanzig Uhr, als wir losmarschierten.

Die beiden jungen Koreaner legten ein ganz schönes Tempo vor. Mit schnellen Schritten ging es durch die schmalen Gassen an dem kleinen Hafen vorbei, dann weiter durch den Ort bis zum großen Hafen. Wir waren so beschwingt, uns machte der schnelle Schritt der Koreaner nichts aus. In den Gassen lag noch die Wärme des Tages, aber ich hatte nur ganz leichte, schmale Schuhe an, und mein weißes Kleid war so luftig, es war sehr angenehm mit ihnen hier zu laufen. Als es aber dann zum Schluss noch steil den Berg bis zur Kathedrale rauf ging, war ich schon froh, dass wir am Ziel waren. Es war gerade viertel vor neun, als wir das Gebäude betraten und beruhigt feststellten, dass wir zu den ersten Zuhörern zählten. Nur sehr langsam füllte sich der Saal.

Es war ein internationaler Wettbewerb. Die Künstler kamen aus vielen Ländern. Gewonnen hat ein sehr talentierter Künstler aus der Tschechei. Sehr spät war die Veranstaltung zu Ende.

Gemütlich schlenderten wir beide durch die nächtlichen Gassen, die jetzt, in der Nacht, noch romantischer wirkten, zu unserem Hotel zurück. Natürlich wollten die beiden Koreaner uns begleiten, aber wir hatten dankend abgelehnt. Wir wussten, dass Freunde auf sie warteten, denn es sollte noch ordentlich gefeiert werden.

Sehr erstaunt waren wir jedoch, als wir bei unserer Ankunft am Hotel feststellten, dass in ihren Zimmern Licht brannte. Von Sophia erfuhren wir am nächsten Morgen, dass sie die beiden in der Nacht, kurzerhand zurückbeordert hatte, denn schon in wenigen Stunden sollten sie zu ihrem Rückflug nach Korea abgeholt werden. Sie hatten allerdings geglaubt und uns auch berichtet, dass ihr Flug in die Heimat erst einen Tag später geplant war.

Etwas später als sonst saßen wir am nächsten Morgen beim Frühstück. Obwohl ich hundemüde war, konnte ich in der Nacht nicht gleich einschlafen. Selig schlummernd lag mein Schatz in seinen Federn. Meine Gedanken waren noch lange mit den Erlebnissen des Tages beschäftigt, bis auch mich dann, irgendwann, der Schlaf einholte.

Heute ist Sonntag, unser letzter Urlaubstag am Gardasee. Morgen müssen wir abreisen. Wie schnell doch die Woche verlaufen ist!

Obwohl ich noch unausgeschlafen und dementsprechend müde war, wollten wir unseren letzten Urlaubstag noch voll genießen. Das Wetter war super. Schon beim Öffnen der Gardine wurden wir vom schönsten Sonnenschein begrüßt. Ein letzter, toller Urlaubstag lag vor uns.

Sehr gemütlich und mit unseren Gedanken noch bei den Erlebnissen des gestrigen Tages, saßen wir am Frühstückstisch.

Plötzlich, wie aus heiterem Himmel, so, als wenn man nicht mit einem Gewitter rechnet und es dann doch auf einmal laut knallt, ertönte vom Strand her sehr laute Musik. Der Frühstückssaal war gut gefüllt mit Gästen. Alle sahen sich mehr oder weniger irritiert an.

Was war das?

In den letzten Tagen hatten wir mitbekommen, dass ein großes Partyzelt am Strand aufgebaut worden war. Wir hatten uns erkundigt und erfahren, dass ein Rockkonzert, mit einem sehr berühmten italienischen Künstler geplant war. Wir nahmen an, dass es gestern, am Samstag, stattfinden würde. Da ging es dort aber sehr beschaulich zu. Nun sollte das Konzert am heutigen Abend, und zwar um zweiundzwanzig Uhr, beginnen.

Schon heute, am frühen Morgen, ließen sie es dort richtig krachen. Anscheinend hatten sie die Bässe voll aufgedreht und man konnte sich gut ausmahlen, wie es heute Nacht sein würde.

Da war an Schlaf absolut nicht zu denken.

Im Frühstücksraum machte sich allgemeiner Unmut breit. Ein Ehepaar am Nebentisch erzählte, dass in ihrem Urlaub, im vergangenen Jahr, hier im Hotel, ebenfalls ein Konzert am Strand stattgefunden hat. Erst nachts um zwei Uhr hatte es geendet.

Na dann, prost Mahlzeit!

Anscheinend mussten wir uns wieder eine Nacht um die Ohren hauen!

Nicht gerade begeistert begaben wir uns nach dem Frühstück zu Sophia. Wir konnten uns nicht denken, dass die Veranstaltung, so direkt dem Hotel gegenüber, am Sonntagabend um zehn Uhr, erlaubt war, denn es handelte sich um eine private Feier. Anscheinend hatte sich Johanna schon einige Klagen der Gäste anhören müssen.

„Meine Lieben", meinte sie, nicht gerade gut gelaunt.

„ Ihr seid in Italien, da laufen die Uhren anders!"

Nun ja, es war nicht zu ändern.

Nach dem Frühstück trödelten wir noch ein wenig herum. Dann fuhren wir zu einem Olivenbauer, dessen Farm ganz in der Nähe lag. Ganz in Ruhe kosteten wir von den verschiedenen Ölen und von den anderen Spezialitäten. Entschieden uns für ein bestimmtes Öl und machten danach noch kleinere Besorgungen. Mittags legten wir eine längere Pause auf unserem Zimmer ein und verbrachten danach den ganzen Nachmittag am Strand. Wir hatten uns entschlossen, den Abend nicht hier, in Gargnano zu verbringen, wir wollten nach Limone fahren.

Gleich nach dem Abendessen stiegen wir ins Auto. Wunderbar war die Fahrt an der Küste entlang. Es war schon dunkel, der Himmel sternenklar. Wir sahen, wie der Mond sehr langsam aufging. Eine riesige, dunkelrote Scheibe tauchte am fernen Horizont auf. Es sah doch gerade so aus, als hätte die untergehenden Sonne den Mond geküsst. Nach einer halben Stunde Fahrt erreichten wir Limone.

Der ältere Teil des Ortes liegt direkt an einer Felswand. Viele, teilweise sehr steile Treppen und schmale, romantische und verwinkelte Gässchen führen hinunter zum Hafen. In den schmalen Gassen reihen sich kleine Geschäfte und Boutiquen aneinander. Es ist ein sehr beliebter Urlaubsort. Dementsprechend schlenderten viele Urlauber, alle in luftiger Kleidung, durch die schmalen Gassen, in denen es noch sehr warm war. Jeder war auf der Suche, in den Geschäften noch etwas Hübsches zu finden.

Heute war es besonders voll. Als wir zum Hafen kamen, spürten wir, dass heute ein besonderes Ereignis auf uns wartete. Die kleinen Restaurants, die sehr idyllisch mit bunten Lichterketten ge-schmückt, um das wiederum viereckig angelegte Hafenbecken lagen, waren voll besetzt. Über dem Ganzen lag eine ganz besondere, wunderbare Atmosphäre. Am Rande des Ufers standen viele Leute und blickten auf den See. Wir hatten Glück und uns auch einen Platz direkt am See ergattern können. Ein leichter Wind hatte das Wasser des Sees, in winzige Wellen gelegt. Auf den Wellen schaukelten kleine, brennende Teelichter, zu hunderten, in ihren Behältern munter auf und ab. Sie wurden langsam in Richtung Hafen getrieben. Über allem leuchtete der Mond. Dort, wo die Strahlen des Mondes auf die Wellen, die sich leicht kräuselten, fielen, blinkte und funkelte es wie von tausend Diamanten. Entrückt schauten wir auf das Schauspiel.

Wir hatten total abgeschaltet und unsere Heimfahrt weit hinausgezogen. Erst auf dem Weg zurück ins Hotel, nachdem wir noch das gigantische Feuerwerk bewundert hatten, kam uns in den Sinn, was uns wohl erwarten würde. Wir waren noch ganz im Bann des wunderbaren Abends und hatten es absolut nicht eilig. Gemütlich und entspannt fuhren wir zurück. Als wir unseren Urlaubsort, den wir bis zu unserem Hotel ganz bis zum Ende durchqueren mussten, erreichten, war ich schon sehr gespannt auf das Konzert am Strand.

Es war kurz nach elf. Im Ort, womöglich durch die Geräusche des Motors, konnten wir im Moment nichts von der Musik hören. Sobald wir aber von der Straße abgebogen waren, um auf den Parkplatz vor unserem Hotel zu gelangen, schlug uns, schon bevor wir überhaupt die Autotür geöffnet hatten, ohrenbetäubender Lärm entgegen.

Na Prost, das konnte ja heute Nacht heiter werden!

Dass bei dieser Lautstärke, jemand im Hotel, zur Ruhe kommen würde, konnte ich mir absolut nicht vorstellen, denn alle Zimmer, die das Hotel zur Verfügung hatte, befanden sich ausschließlich zur Seite des Sees, direkt dem Strand gegenüber.

Da halfen auch keine Ohrenstöpsel!

Die Neugier packte uns, das mussten wir uns doch erst mal aus der Nähe ansehen. Flink liefen wir über die kleine Straße und konnten direkt in das Zelt schauen. Die Musik, nach der sich auf der Tanzfläche einige Pärchen drehten, war gar nicht so schlecht, nur für unseren Geschmack viel zu laut. Die Bar war umringt von viele Leuten, die sich angeregt unterhielten. Einige Gäste spazierten außerhalb des Zeltes am Strand umher. Alles war so schön beleuchtet, es sah voll romantisch aus.

Dazu der helle, leuchtende Mond. Es lud direkt zum Mitmachen ein. Das war uns leider nicht vergönnt.

Wir kehrten der Party den Rücken.

Als wir die Treppen im Hotel zu unserem Zimmer raufliefen, hoffte ich, dass wir von der Musik nicht ganz so viel mitbekamen, da sich unser Zimmer sehr weit hinten, fast am Ende des Hotelgebäudes befand. Doch schon beim Öffnen der Tür schlug uns der Lärm, trotz fest verschlossenem Fenster, unvermindert laut entgegen. Es war nicht nur laut, nein, es hämmerte ordentlich.

Natürlich war ich müde, aber an Schlaf war nicht zu denken. Deshalb fing ich an, unsere Koffer zu packen. Vielleicht konnten wir dadurch morgen etwas länger schlafen. Ich war noch nicht ganz fertig, als die Musik, die ohne Pause gespielt hatte, endete. Wir glaubten, dass sie eine kurze Pause eingelegt hatten. Aber es blieb ruhig. Schnell machten wir uns für die Nacht fertig und in null Komma nix lagen wir in der Koje.

Trotz meiner Müdigkeit, irgendwie war ich überdreht, konnte ich mal wieder nicht einschlafen und saß am nächsten Morgen wieder müde und abgespannt am Frühstückstisch.

Wir hatten uns entschlossen, heute noch nicht die Heimreise anzutreten. Wir wollten unseren Urlaub noch für mehrere Tage verlängern, um dann, über Kärnten nach Hause zu fahren. Ich freute mich schon sehr auf das tolle, sehr gepflegte und elegante Hotel an der Adria, das direkt an dem sehr langen Strand von Lido di Jesolo liegt. Wir kannten es von früheren Urlauben.

Nach dem Frühstück, wir hatten unseren Koffer und das weitere Gepäck schon im Auto verstaut, begaben wir uns zu Sophia an die Rezeption. Schnell noch die Rechnung begleichen, Sophia lebe wohl sagen und dann ab zur Adria. Vor ein paar Tagen hatten wir uns dort telefonisch angemeldet. Es war Saisonende und das Hotel hatte nur noch wenige Tage geöffnet.

So schnell kamen wir aber nicht vom Gardasee weg. Unsere Karte, mit der wir unsere Rechnung begleichen wollten, funktioniert nicht. Sophia versuchte es immer und immer wieder, doch es wollte einfach nicht klappen. Ohne Bezahlung konnten wir natürlich nicht abreisen.

Sophia meinte, „ich habe heute schon einige Abrechnungen getätigt, an meinem Gerät liegt es nicht, es kann nur an eurer Karte liegen!"

„Am besten, ihr geht in den Ort zur Bank und besorgt euch dort Geld!"

Bis in den Ort mussten wir aber, wenn wir sehr schnell gingen, zwanzig Minuten laufen, dazu war ich heute zu müde, es würde auch viel zu lange dauern. Wir fuhren mit dem Auto. Kamen an der Bank an, wurden dort durch eine Schleuse geführt und mussten noch einige Zeit in der Kassenhalle warten. Als wir endlich dran waren, wollte der Bankbeamte von unserem Problem nichts wissen und verwies uns an den Automaten vor dem Gebäude. Dort erhielten wir aber nur zweihundert Euro. Das reichte natürlich nicht für die, zu begleichende Rechnung. Den nächsten Betrag, wieder zweihundert Euro, konnten wir aber erst am nächsten Tag erneut abheben.

„Was nun?"

Wieder zurück im Hotel, versuchte Sophia ihr Glück mit unserer Karte noch einmal. Es gelang immer noch nicht. An unserer Karte konnte es nicht liegen, denn die hatte am Automaten der Bank wunderbar funktioniert!

„Ich kann euch ohne Bezahlung nicht weg lassen!", jammerte Sophia, „dann bekomme ich Probleme mit meinem Chef!"

Wir hatten ihr den Vorschlag gemacht, den Rest, der im Moment zur Verfügung stehenden zwei-hundert Euro, von zu Hause aus zu begleichen. Gemeinsam überlegten wir nun was zu tun war.

Unsere Abfahrt hatte sich inzwischen schon um zwei Stunden verzögert. Nach zwei Nächten, in denen ich schlecht geschlafen hatte, war ich nicht nur müde, sondern auch sehr angespannt und reichlich nervös. Das Problem mit der Karte machte mich total kribbelig. Heute morgen hatte ich nur einen Wunsch gehabt, ich wollte mich einfach nur ins Auto setzen und ganz entspannt und locker zur Adria fahren und nicht hier rumrennen und rumsitzen und überlegen, wo wir Geld her bekamen, damit wir unsere Rechnung bezahlen konnten.

„Verdammte Technik!"

Dann kamen wir auf die glorreiche Idee, unseren Sohn anzurufen, um ihn zu bitten, den Betrag der Rechnung von seinem Konto aus zu überweisen. Mir fiel direkt ein großer Stein vom Herzen, als er sich am Telefon meldete.

Das war gar nicht so selbstverständlich, denn er ist beruflich viel unterwegs und nicht immer gleich erreichbar. Sofort war er bereit uns aus der Patsche zu helfen. Endlich konnten wir fahren.

Bei herrlichstem Wetter ließen wir uns in dem schicken Hotel drei Tage lang, rund um die Uhr, verwöhnen.

Machten wunderbare, lange Spaziergänge am Strand. War das toll, wenn die heran rollenden Wellen über unsere nackten Füße liefen! Saßen danach faul im Liegestuhl und nahmen natürlich auch hin und wieder ein erfrischendes Bad im Meer. In der ersten Nacht schliefen wir sogar zehn Stunden.

Dann hieß es leider wieder Kofferpacken!

Auf das Wiedersehen mit Johanna in Kärnten, freuten wir uns schon sehr! Zu Weihnachten hatte sie uns geschrieben, „kommt doch wieder bei mir vorbei!"

Vor zwei Wochen hatte sie Geburtstag. Es war ihr fünfundsiebzigster. Oft waren wir in den letzten Jahren, gerade zu dieser Zeit, bei ihr.

Schon vor sehr vielen Jahren, wenn wir in den Sommerferien mit unseren Kindern nach Kroatien fuhren, war unser erstes Ziel Kärnten, um bei Johanna zu übernachten. Wenn das Wetter gut war, blieben wir auf der Rückreise sogar einige Tage länger bei ihr. Hatte sie mal keinen Platz für uns, denn wir kamen immer unangemeldet, gab es in dem Ort, hoch oben am Berg, noch eine andere Übernachtungsmöglichkeit. In den Jahren hat sich daraus eine richtige Freundschaft mit ihr entwickelt.

Heute wollten wir sie mit einem Abendessen überraschen. Wir waren uns sicher, darüber würde sie sich sehr freuen. Bevor wir in Richtung Kärnten aufbrachen, kauften wir noch schnell dafür ein.

Johanna ist eine große, kräftige und sportliche Frau. Neben ihrem Haushalt, in einem älteren Gutshof, der in ihrem Besitz ist, beherbergt sie noch immer einige Feriengäste, versorgte ihren Garten und die Hühner. Um sich ihre kleine Rente noch ein wenig aufzubessern, sie war schon sehr früh Witwe geworden, stellt sie leckere Kärntner Käsnudeln her, die sie teilweise auch an einige Restaurants verkauft. Damit die Herstellung der Nudeln nicht zu mühsam war, hatte sie zu ihrem siebzigsten Geburtstag eine Küchenmaschine bekommen. War nach der vielen Arbeit noch etwas Zeit übrig, ging sie mit ihren Stöcken, damit meint sie ihre Nordic-Walking-Stöcke, in den Wald. Obwohl es immer bergauf ging hatte sie dabei ein flottes Tempo drauf.

Seit dem Frühstück hatten wir nicht viel gegessen, nur ein wenig Schokolade, die wir uns in einer Raststätte besorgt hatten. Wir freuten uns auf das Abendessen mit Johanna. Sicher gab es heute wieder viel zu erzählen.
Genau um fünf Uhr trafen wir bei ihr ein.

Ihr Haus liegt sehr idyllisch, hoch oben am Berg in einer Mulde, so dass man die Autobahn, die vor einigen Jahren in der Nähe gebaut wurde, nicht hören kann. Bog man bei der Ankunft in die kleine Straße, die zu ihrem Haus führte, ein, leuchteten einem schon von weitem die vielen Blumen, die vor ihrem Haus und neben dem Zaun des Gartens standen, entgegen.
Neben einigen voll erblühten Rosenstöcken standen dicht an dicht überschwänglich blühende Tagetis in sattem dottergelb.

Direkt ihrem Haus gegenüber liegt, in einer großen Wiese, ein altes Schloss, dass neu hergerichtet wurde und wieder bewohnt wird. Früher sind wir dort oft spazieren gegangen. Das ist jetzt allerdings, nachdem das Schloss bewohnt ist und das gesamte Grundstück eingezäunt wurde, nicht mehr möglich. Oft haben wir vor Johanna Haus auf einer Bank gesessen, die von ihren Blumen umringt war und zum Schloss rüber geschaut. Dabei sahen wir den Kühen zu, die auf der großen Wiese vor dem Schloss weideten. Oder wir saßen in ihrem Garten an ihrem niedlichen, kleinen Swimmingpool mit den Beinen im Wasser und hatten viel Spaß beim planschen.

Kurz vor ihrem Haus sehen wir vor ihrem Hühnerstall, der neben ihrem kleinen Garten liegt, eine Frau mittleren Alters stehen. Wir hatten uns mal wieder nicht angemeldet und hofften, dass Johanna zu Hause war. Manchmal verbrachte sie auch ein paar Tage bei ihrer Tochter.
„Ist Johanna zu Hause?", riefen wir der Frau zu. Schnell hatten wir die seitliche Scheibe unseres Autos heruntergelassen, und sie angesprochen.
„Die ist im Hühnerstall!", bekamen wir zur Antwort, dabei sah sie uns sehr erstaunt an.
Wir vermuteten, dass sie ein Gast war.
Auch wir sind immer, wenn wir hier waren, mit Johanna zum Hühnerstall gegangen.
Sehr erleichtert, sie anzutreffen, fuhren wir unser Auto um ihr Haus herum auf den Parkplatz. Beim Aussteigen ließen wir uns Zeit. Von der dreistündigen Fahrt, mit sehr kurzer Pause, waren wir ziemlich steif geworden. Dann liefen wir, in freudiger Erwartung, die wenigen Schritte vor ihr

Haus zurück. Als wir um die Ecke bogen, sahen wir sie vor uns auf der Straße stehen.

Doch was war denn das!

Ein gewaltiger Schreck durchfuhr uns!

Diese magere, zusammengesunkene Frau, die uns da mit fragendem Blick entgegensah, das konnte doch nicht Johanna sein?

Sie, die immer freundlich lachende und positiv denkende, stand da, hilflos wie ein Kind und erkannte uns nicht!

Schock!

Als wir auf sie zu gingen, um sie zu begrüßen, fing sie krampfhaft an zu weinen, während sie laut schluchzend immer wieder rief! „Mein Sohn ist gestorben, mein Sohn ist gestorben!"

„Um Gottes Willen, was ist passiert!", ging es uns durch den Kopf!

Die Frau, die wir vor ihrem Hühnerstall angetroffen hatten, stand neben ihr und versuchte sie zu beruhigen.

„Nein, Johanna, dein Sohn ist nicht gestorben, der ist zur Arbeit, gestern war er noch hier!"

Immer wieder redete sie begütigend auf sie ein, aber es hatte keinen Zweck. Im Moment ließ sie sich nicht zur Ruhe bringen. Was da vor unseren Augen ablief konnten wir nicht begreifen. Wir sprachen sie an.

„Hallo, Johanna, kennst du uns noch?"

Irritiert sah sie von einem zum andern.

„Nein!", kam es ganz leise von ihren Lippen, während sie weiter schluchzte und weinte.

Die Dame klärte uns schließlich auf. Sie würde hier wohnen und sich rund um die Uhr, vierundzwanzig Stunden am Tag, um sie kümmern. Sie war eine Pflegerin und kam aus Polen. Schließlich bat sie uns ins Haus und bot uns eine Tasse Kaffee an. Dazu servierte sie uns noch ein kleines Stück Butterkuchen.

Wir saßen in Johannas gemütlicher Küche rund um den Esstisch, an dem wir so oft beim Frühstück und auch am Abend mit ihr gesessen hatten und lange, bis wir ins Bett gingen, erzählten.
Zwischendurch stand sie dann mal auf, um noch schnell einen ordentlichen Scheit Holz in ihren alten Herd nachzulegen, damit am anderen Morgen noch etwas Glut übrig war. Der Herd, auf dem sie auch kochte, brannte den ganzen Tag, auch im Sommer. Im Zimmer war immer eine angenehme, gemütliche Wärme. Heute brannte er nicht!

Wir erfuhren die ganze traurige Geschichte.
Vor ein paar Monaten war Johanna sehr kurzfristig an Demenz erkrankt.
Während wir den Kaffee tranken, versuchten wir uns ein wenig mit ihr zu unterhalten. Zeigten auf die Bilder an der Wand mit den Enkeln und dass sie uns zu Weihnachten noch mitgeteilt hatte, dass sie Urgroßmutter geworden war und fleißig für ihre Urenkelin strickte. Inzwischen hatte sie sich ein wenig beruhigt und deutete mit dem Finger zu meinem Schatz, dabei sprach sie sogar seinen Namen aus.
Sie hatte ihn erkannt!
Auch ihre Enkel kannte sie alle. Während sie ihre Namen nannte trat ein kleines Lächeln auf ihr trauriges Gesicht. Doch ganz plötzlich fing sie wieder an zu weinen und sagte mit kläglicher Stimme, „mit meinem Kopf stimmt etwas nicht!"
Sie wusste wie es um sie stand!

Diese Gewissheit machte sie vollkommen fertig!

Ihre Pflegerin beruhigte sie wieder.

Eins war uns nun völlig klar. Hier übernachten konnten wir nicht. Gerne hätten wir noch ein wenig mit ihr geplaudert, um sie aufzumuntern, denn wir sahen, dass es ihr gut tat. Es war aber schon nach sechs, wir mussten uns schleunigst nach einem Quartier umschauen. Sehr traurig und maßlos erschüttert nahmen wir Abschied.

„Wo wollen wir denn heute Nacht schlafen?", ratlos sahen wir uns an.

Wir waren beide so geschockt, dass wir erst mal automatisch auf die Autobahn zurück gefahren sind. Hier in der Nähe wollten wir nicht bleiben, wir wollten unbedingt ein wenig Abstand gewinnen. Deshalb entschlossen wir uns, heute noch bis hinter Salzburg zu fahren. Dort kannten wir ein gemütliches Gasthaus, in dem wir immer auf der Hinfahrt übernachteten. Das konnten wir heute noch schaffen. Zunächst einmal waren wir aber beide sehr schweigsam und hingen unseren Gedanken nach.

Wie war das bloß möglich?

Jetzt am Abend kamen wir zügig voran. Fünfzig Kilometer vor Salzburg riefen wir in dem Gasthaus an. Wir hatten Glück, ein Zimmer war noch frei. Sehr erleichtert atmete ich durch, in knapp einer Stunde konnten wir gemütlich da sein. Ich war doch sehr erschöpft und konnte immer noch nicht begreifen, wie trostlos der Anblick von Johanna war.

Kurz vor Salzburg fing es an zu regnen. Der Regen wurde immer heftiger. Wir kamen nur sehr, sehr langsam voran. Doch plötzlich, wie aus heiterem Himmel, fiel im Auto die gesamte Elektronik aus. Wild schlugen die Zeiger auf der Anzeigetafel hin und her. Die Scheibenwischer verweigerten ihren Dienst, während der Regen mit voller Wucht auf die Scheiben prasselte. Angestrengt versuchten wir durch die beschlagene Scheibe zu schauen. Die vor uns fahrenden Autos, konnten wir nur schemenhaft erkennen. Zudem machte ein schriller, durchdringender Piepton darauf aufmerksam, dass mit dem Auto etwas nicht in Ordnung war.

„Ich muss anhalten, ich darf nicht mehr weiterfahren, sonst laufen meine Bremsen heiß!"
Aufgeregt schaute mein Schatz vor sich auf die Anzeigetafel und hoffte inbrünstig, dass sich doch noch alles wieder regeln würde. Hin und wieder beruhigte sich die Elektronik auch, sodass die Scheibenwischer wieder funktionierten, aber nur für einen sehr kurzen Augenblick, bis uns dieser nervige Piepton wieder auf den desolaten Zustand des Autos, aufmerksam machten.
Wir fuhren schon sehr langsam auf dem Standstreifen, um die, hinter uns fahrenden Autos, nicht zu behindern, als mein Liebster endgültig beschloss, anzuhalten.
„Du kannst doch nicht hier auf der Autobahn einfach anhalten!", beschwor ich ihn.
„So kann ich aber nicht weiterfahren!", entgegnete er aufgebracht.
Er bremste die Geschwindigkeit noch weiter herunter und brachte das Auto schließlich zum Stehen. Vorsichtig stieg er aus um kurz mal nach den Reifen zu sehen. Bevor er ausgestiegen war, hatte er noch schnell die Warnblinkanlage am Auto,

eingeschaltet. Es dauerte nicht lange, bis er sich ins Auto wieder zurück setzte. An den Reifen hatte er nichts Beunruhigendes feststellen können.

Er zündete wieder den Motor, die Elektronik setzte wieder aus, kein Scheibenwischer funktionierte, der Regen rann in Bächen an der Scheibe runter und der Piepton raubte uns den letzten Nerv.

Langsam, in sehr gedrosseltem Tempo, setzten wir unsere Fahrt fort und hofften, wenigsten bis zu dem Ort zu gelangen, in dem wir übernachten wollten.

Doch ein Unglück kommt selten allein!

Wir gerieten, nachdem wir die Autobahn in Salzburg nach München gewechselt hatten, auch noch in einen dicken Stau.

Hatten wir heute nicht schon genug Aufregung gehabt?

Dieses ständige piepen, ohne Unterbrechung, ging mir gehörig auf den Keks. Mein Magen revoltierte, außer der Schokolade und dem kleinen Stückchen Kuchen hatten wir seit dem Frühstück nichts zu uns genommen. Für eine größere Pause blieb uns keine Zeit. Um acht Uhr wollten wir in der Pension eintreffen, hatte ich bei meinem Anruf zugesagt. Nun ging der Zeiger schon auf neun zu.

Kurz, nachdem der Verkehr ins Stocken geraten war und es nur sehr zögerlich voran ging, kamen wir an eine Ausfahrt. Wir entschlossen uns, hier abzufahren, um unsere Fahrt auf der Bundesstraße fortzusetzen. Das kostete natürlich auch Zeit.

Es war anstrengend, durch die nassen Scheiben die Straßenschilder, in den nur schwach beleuchteten Orten, zu erkennen. Hier kannten wir uns nicht aus. Manchmal errieten wir nur, welche Richtung wir nehmen mussten. Bloß nicht jetzt auch noch

verfahren! Und immer dieser bekloppte Piepton.
Wir riefen noch einmal in der Pension an. Dort
wartete man auch noch auf andere Gäste, wurde
uns, zu unserer Beruhigung, mitgeteilt.
Als wir es dann endlich geschafft hatten und vor
dem Gasthaus hielten, war es wie eine Erlösung!
Für diese Nacht hatten wir ein Dach über dem
Kopf!

Schnell hatten wir unseren kleinen Koffer für die
Übernachtung durch den immer noch heftig
strömenden Regen ins Haus gebracht und unser
Zimmer bezogen.
Ja, wir hatten mächtig Hunger, aber zu so später
Stunde bekamen wir nirgends mehr etwas zu essen.
Dazu waren wir auch viel zu müde, wir wollten nur
eins, ganz schnell in die Koje!
Ich hatte bei unserer Abfahrt an der Adria, außer
der Sachen für das warme Abendessen, dass uns
nun durch die Lappen gegangen war, noch zwei
Brötchen, Käse und Obst gekauft. Die beiden
Brötchen mit dem Käse und einer Birne, waren
unser Abendbrot. Und dann gab es kein Halten
mehr, ohne Verzögerung und ohne langes Theater
lagen wir im Bett!
Sogar ich war ruck zuck eingeschlafen!

Als wir am anderen Morgen erwachten, war uns
klar, dass wir mit dem Auto heute nicht nach Hause
fahren konnten. Damit mussten wir erst mal in die
Werkstatt.
Der Blick aus dem Fenster zeigte uns, dass der
Regen in der Nacht nicht nachgelassen hatte.
Es goss unaufhaltsam weiter. Trotz allem, ganz in
Ruhe ließen wir uns das reichhaltige Frühstück

schmecken. Danach fuhren wir, natürlich wieder in Begleitung des ständigen piep- piep- piep- Tones, zu einer Autowerkstatt. Der nette Wirt in der Pension hatte uns eine Adresse gegeben. Wir mussten aber ungefähr dreißig Kilometer, wieder in sehr gemäßigtem Tempo, zurück fahren. Es war schon später Vormittag als wir in der Werkstatt ankamen. Wir hatten sie, auch nicht gleich auf Anhieb, gefunden.

Ohne lange Wartezeit wurde unser Auto gründlich durchgecheckt. Wir machten während der Zeit einen kleinen Spaziergang in der näheren Umgebung. Der Regen hatte sogar etwas nachgelassen.

Genau nach einer Stunde, die Zeit, die sie für die Untersuchung benötigten, bekamen wir durch einen Anruf auf unserem Handy mitgeteilt, dass soweit alles in Ordnung war. Natürlich hatten auch sie festgestellt, dass die Elektronik nicht funktionierte. Sie vermuteten, dass die Feuchtigkeit, bedingt durch unseren Unfall in Italien, die hinten in das demolierte Heck eintrat, daran Schuld war. Der starke Regen hatte die Feuchtigkeit in die Elektronik dringen lassen. Auch wir hatten das schon vermutet. Uns wurde empfohlen, trotzdem den Heimweg mit dem Auto anzutreten, um es dann vor Ort reparieren zu lassen. Beruhigt stiegen wir ein und fuhren los. In sieben Stunden konnten wir es gut schaffen!

Wir waren noch nicht weit gefahren, vielleicht dreißig Kilometer, als der Verkehr ins Stocken geriet. Es war Freitagmittag, der Verkehrsfunk, den wir ständig hörten, meldete nichts Gutes. In alle Richtungen gab es hohes Verkehrsaufkommen und

Staus. Bis wir um München herum waren, waren schon volle zwei Stunden vergangen. Wir beschlossen, nicht unseren gewohnten Weg nach Hause zu nehmen, sondern, über Ostdeutschland zu fahren. Das war ein großer Umweg, den nahmen wir aber in Kauf. Lieber einen Umweg fahren, als wohl möglich stundenlang in einem Stau zu stehen.

Der Regen hatte tatsächlich nachgelassen und die Elektronik marschierte wieder. Sobald wir jedoch die Fahrtrichtung gewechselt hatten, setzte der Regen erneut wieder ein. Zuerst nur ganz wenig, dann wurde er immer stärker und zuletzt schüttete es wie aus Eimern. Und wie gehabt, verweigerte die Elektronik wieder ihren Dienst. Unaufhaltsam piepte es, der Regen klatschte mit Macht an die Scheibe! Nur sehr mühsam quälten wir uns voran! Die Autobahn war auch nicht in dem Zustand, in dem wir sie uns erhofft hatten. Kamen wir in die Nähe einer Stadt, geriet der Verkehr vollkommen ins Stocken. Es war Freitagnachmittag, Feierabend und alle wollten möglichst schnell über die Autobahn nach Hause kommen. In sieben Stunden zu Hause sein, den Wunsch hatten wir längst aufgegeben. Wir übten uns in Geduld. Im Moment war es uns völlig egal, ob wir eine, oder gar zwei, oder vielleicht auch drei Stunden später zu Hause ankommen würden.
Es war ja auch nicht zu ändern! Warum aufregen, die Hauptsache war ja, dass wir mit unserem arg beschädigten Auto überhaupt nach Hause kamen. Wenn doch nur dieser bekloppte Regen mal nachlassen wollte!

An den Piepton hatten wir uns längst gewöhnt, aber ohne die Scheibenwischer war das Fahren eine glatte Katastrophe!

Sehr anstrengend!

Irgendwann kam das ersehnte Autobahnkreuz!

Endlich hatte die ermüdende Fahrerei auf der schmalen Fahrbahn ein Ende.

Wir befanden uns jetzt in Richtung Berlin, auf einer super tollen, breit ausgebauten Autobahn. Zu unserem größten Glück regnete es auch nicht mehr, und endlich konnten wir mal richtig Gas geben.

Beide atmeten wir erleichtert auf, nun haben wir das Schlimmste überstanden.

Jetzt geht es vorwärts!

Denkste Puppe!

Man soll sich nicht zu früh freuen.

Vielleicht waren wir zwanzig Kilometer gefahren, als mein Liebster plötzlich die Fahrt verringerte und wir tatsächlich zum Stehen kamen.

„Was ist denn jetzt schon wieder!", wollte ich irritiert wissen.

Gerade erst hatte ich mich etwas entspannt und mich so richtig locker in die Polster zurückgelehnt. Die flotte Fahrt gefiel mir ausnehmend gut. Auf den Verkehr hatte ich dabei nicht geachtet.

„Wir stehen im Stau!", tönte es an mein Ohr.

„Ach du dickes Ei, auch das noch!"

„Langsam reicht es aber!"

Wir standen und wir standen, nichts, absolut nichts ging mehr! Irgendwann bewegten sich die Autos ein wenig vorwärts, bis wieder alles zum Stillstand kam. So ging es stundenlang weiter, bis wir zu einem Rasthof kamen. Schon etwas länger hatte ich das Bedürfnis, eine Toilette aufsuchen zu müssen, gehabt. Wir packten die Gelegenheit beim

Schopfe, fuhren auf dem Randstreifen direkt zum Rasthaus. Eine kleine Pause war uns beiden sehr willkommen. Von dem langen sitzen waren wir schon völlig steif. Nachdem wir das stille Örtchen aufgesucht, uns etwas gestärkt und uns Bewegung verschafft hatten, stiegen wir wieder ins Auto, um unsere Reise fortzusetzen. Als wir dann ganz um den Rasthof herum gefahren waren und uns Richtung Autobahn einordneten, sahen wir das Dilemma! Ein großer Lastwagen war genau in Höhe des Rasthofes auf der Autobahn umgekippt dahinter war die Fahrbahn wieder frei. Nun gab es kein Hindernis mehr, endlich konnten wir wieder auf die Tube drücken!

Sehr spät, es war schon lange nach Mitternacht, kamen wir sehr erleichtert, aber auch glücklich, es geschafft zu haben, an unserem Wohnort an.

Aus sieben Stunden waren zwölf Stunden Fahrt geworden.

Wer jetzt glaubt, dass wir mit unserm Auto nach der Reparatur, wieder wunderschöne Fahrten unternehmen konnten, der irrt!

Es kam gar nicht zur Reparatur!

Gerade an dem Tag, als wir das benötigte Ersatzteil bestellen wollten, fuhr uns ein zweites Mal hinten jemand auf.

Dieses Mal war es ein Totalschaden!